017

EL CAMINO AL LAGO DESIERTO

LARGO RECORRIDO, 51

Franz Kain

EL CAMINO
AL LAGO DESIERTO

POSTFACIO DE SIGURD PAUL SCHEICHL
TRADUCCIÓN DE RICHARD GROSS

EDITORIAL PERIFÉRICA

PRIMERA EDICIÓN: octubre de 2013
TÍTULO ORIGINAL: *Der Weg zum Ödensee*, 1974

BIC: FA
ISBN: 978-84-92865-79-6
DEPÓSITO LEGAL: CC-221-2013
IMPRESO EN ESPAÑA – PRINTED IN SPAIN

EL CAMINO AL LAGO DESIERTO

I

Aún aguanta la nieve, mas no por mucho tiempo. Pronto se volverá blanda y los pasos se hundirán en ella, porque al sudoeste ya albean las paredes de las peñas, teñidas de un destello rojizo. Los aludes aún están helados y se aferran al barranco, mas no por mucho tiempo. Se aflojarán cuando ascienda el cálido vaho de la primavera. Los surcos acanalados de la nieve, escarbados hasta la roca viva y la hierba amarillenta, indican el sentido de los derrumbes, hacia los despeñaderos. Aún es invierno aquí arriba, mientras que en el valle se ha impuesto ya una primavera espesa, malsana, de las que ablandan el terreno y agrisan los verdes ríos.

Nada pierde uno si se aleja de esta época del año y sube al invierno, árido y claro. Bella es la primavera pero antes el cenagal tiene que secarse y el suelo recobrar su firmeza.

La confusión y el desorden son cosa de los primeros tiempos. Lo sabe Ernst Kaltenbrunner, jefe de la Oficina Central de Seguridad del Reich Alemán, quien se adentra ahora en las Montañas Muertas. Es una mañana de mayo de 1945, y él va rememorando el otoño de 1918. ¡Cómo estallaron los ánimos en aquel entonces! En la ciudad habían asaltado varias panaderías. Primero un agitador de los astilleros, encaramado a una mesa arrimada a una farola, había lanzado soflamas contra los Habsburgo y prometido pan a la gente. Parecía existir una relación entre aquel discurso incendiario y los atropellos a los panaderos. Luego, la ira de la población solivantada se desató en un acto estrafalario, punto culminante de aquel levantamiento contra la fuerza y el poder imperiales: la liberación de los traficantes de bacterias presos en los calabozos del castillo. En 1917, un enfermero haragán del Ejército había organizado una banda que se dedicó a un pingüe negocio de gonococos y bacilos tuberculosos. Eludiendo las fuentes de contagio naturales, vendían los gérmenes directamente a los clientes, que no eran otros que hombres con uniforme militar. Una forma de resistencia no muy apetitosa, qué duda cabe, pero dotada de ese aire romancesco al que siempre ha sido receptiva el alma popular. La banda fue capturada tras haber inhabilitado para el combate a varias compañías, tal vez un regimiento entero, mediante una epidemia en toda regla. El memorable castillo donde antaño residieran Federico III (el caminante tuvo un rictus de sonrisa al pensar en el monarca, inventor del A.E.I.O.U –*Austriae est imperare orbi universo*–, precursor, también él, del expansionismo germano) y, esporádicamente, la emperatriz María Teresa, se tornó en cárcel de aquellos intoxicadores de uretras y pulmones. En octubre de 1918, momento de los disturbios del pan, cuando todo empezaba a tambalearse, los presos fueron liberados. Ese día, aprovechando el desconcierto de un profesorado que no sabía si debía seguir llamando o no «emperador» al emperador, él, Kaltenbrunner, no asistió a clase. Fue así como se convirtió en testigo ocular de aquel acto de liberación.

La guardia del castillo no se opuso cuando la turba de soldados y civiles penetró por el portón para asediar los calabozos. Luego se oyeron fuertes gritos, se golpearon puertas y hubo un estrépito de cristales rotos, y el alcaide, un sargento viejo y fruncido, de pelo erizado y áspero, terminó arrojado a la calle. Quedó tirado un segundo en el pavimento, se levantó y se esfumó entre la muchedumbre. Fue la única víctima de la revuelta, y sólo le sangraba un poco la mejilla, que no el pecho hendido, como dicen los anales. El liberado traficante de gonococos, un hombre pálido con lacio bigote marrón, abrió los brazos en la escalinata del castillo, rió hacia la multitud y fue vitoreado entre exclamaciones de júbilo. En el patio, escenario de muchos juramentos a Dios, la patria y el emperador, al pequeño y grácil soldado enfermero lo lanzaron varias veces al aire. En el apogeo de la manifestación, los liberadores cantaron la copla de moda en aquellos días: «¿Quién tiene la culpa de nuestras borracheras? / ¿Quién, quién? / ¡Karl, el ladrón, el boleras, / tiene la culpa de nuestras borracheras!».

Ninguna *Marsellesa*, ninguna *Internacional* ni canto revolucionario alguno.

Fue una época sin ley hasta entrados los primeros meses de 1919. Su padre, el abogado, prácticamente no tenía trabajo y se volcaba en su colección de ex libris. El Registro de la Propiedad era un lugar escasamente frecuentado en ese tiempo, y los fiscales vacilaban a la hora de llevar a la gente a juicio, incluso si se trataba de vulgares ladrones.

El orden quedó restablecido cuando la Defensa Popular, un cuerpo ya de por sí sumamente sospechoso, aplastó a balazos una manifestación violenta inducida por el hambre. A partir de hoy, esto volverá a ser un Estado de derecho, anunció el padre a un colega después del tableteo de las ametralladoras, cuyas ráfagas barrieron la vieja plaza. El fiscal y el abogado serán restituidos en sus funciones y dignidades.

Fueron pocas semanas, durante las cuales el general del emperador prefirió no mezclarse con la gente y permanecer en casa, en su hogar campestre.

Hasta el momento de aquellas ráfagas, las calles habían sido inseguras, aunque la sublevación popular se reducía, en realidad, a la liberación de un soldado enfermero y sus cómplices.

Sólo durante unas pocas semanas no fue aconsejable que el general del emperador se mezclara con la gente. Y también esta vez pasarían sólo unas pocas semanas hasta que el primer policía del Führer volviera a poder contar con un trato digno, correcto. Mientras llegaba ese momento, capearía el temporal replegándose a lo hondo de las Montañas Muertas, a los fríos lagos desiertos de los confines del mundo.

Camina como el segundo de la fila, precedido por el cazador con su paso lento y pesado, y seguido por los dos asistentes. Llevan los esquís al hombro, porque la nieve aún aguanta, y tan helada está que cruje bajo las pisadas.

Levanta la vista hacia las rocas y aprecia la alta cornisa de nieve que sobresale por la cresta presentando ya en sus bordes un brillo oscuro, casi violeta.

Cuando se tala un bosque, saltan astillas. Donde hay mucha luz, hay mucha sombra. Lo grande merece sacrificio. A cada uno lo suyo. Quien asciende tiene que pisar fuerte. El que no ceja en su empeño tiene salvación. Un solar de obras no es un prado de recreo. El orden es lo primordial. Quien limpia un establo necesita una escoba fuerte. A grandes males, grandes remedios. Cuando se tala un bosque, saltan astillas.

Un miembro de la Asociación de Montañeros Licenciados no se anquilosa, aunque descanse de vez en cuando. El jefe superior de grupo vuelve la mirada hacia sus dos acompañantes y vislumbra, a la pálida luz del alba, las perlas de sudor que brillan en sus rostros. Y eso que son más jóvenes que él y tienen el cuerpo bien entrenado. Pero no para la montaña, piensa lleno de satisfacción.

La Asociación de Montañeros Licenciados era la organización alpinista de los realmente cultos, los verdaderos amigos de la naturaleza, poseedores todavía de una vista adiestrada para las peculiaridades geológicas y botánicas. Se distinguían radicalmente de los sedicentes Amigos de la Naturaleza, quienes ocultaban su falta de conocimiento del universo alpino tras el nombre de una agrupación pero delataban a cada paso su condición de urbanícolas vieneses, ya fuesen porteros, secretarios municipales, funcionarios de la Seguridad Social o burócratas de la Cámara de Trabajadores. Esos «amigos de la naturaleza» servían para los pútridos Bosques de Viena, para excursiones regadas con vino agrio y trufadas de pan con manteca de cerdo; en la alta montaña, sin embargo, sólo hacían el ridículo con sus pantalones mal ceñidos y sus chaquetas de confección industrial. Aunque el montañero licenciado llevara la chaqueta desgastada, ésta era de nobilísima pátina: estaba hecha a medida, y su severa forma daba cohesión al carácter y lo diferenciaba del turista ordinario. También su mochila, por deslucida que fuera, rezumaba tradición, una tradición que abarcaba desde los Cazadores y Tiradores imperiales hasta los combatientes por la defensa de Carintia.

El turista ordinario lucía a menudo un equipo flamante pero barato, cual juguete recién pintado adquirido en los grandes almacenes de Gerngross, Kraus o Schober. Le faltaba el espíritu gremial. Cualquiera puede enfundarse una cazadora, pero a uno lo identifica como hombre bravo y a otro como espantapájaros. Se notaba también en los uniformes. En efecto, el sentido de la dignidad se lleva bajo el paño, la tela sola nunca lo suple.

Kaltenbrunner también andaba con ellos, dirán ahora, con esos montañeros finos, que ya tenían la cláusula aria en sus estatutos, además de un antisemitismo de no te menees.

Pero no fue él quien lo inventó, se lo encontró hecho; el antisemitismo existía desde mucho antes. La cláusula aria databa de la monarquía y los turbulentos tiempos de la Austria Alemana. A él esa cláusula nunca lo abrumó; tenía su propia balanza. Se relacionaba con ellos como con todos los demás, con aire de superioridad, eso sí, pero una superioridad que provenía de saberse dueño de una mayor experiencia. Aún debe de haber muchos que lo conocen de entonces, siempre que no hayan emigrado tras la anexión. Una vez, en una travesía de las Montañas Muertas, hasta dio de beber a uno de ellos, de pinta inequívoca por su nariz aguileña, ofreciéndole el último resto de su limonada. Mal equipado y de pies planos, el individuo se había venido abajo en la vastedad sin horizonte de las ondulaciones pétreas. A lo mejor aún está vivo y se acuerda.

Los funcionarios de la Seguridad Social y los secretarios de los ferrocarriles estarán convirtiéndose en alcaldes y concejales en estos días. Deben de conocerlo aún, al camarada montañero de entonces, de antes de que fuera llamado a ocupar su puesto en la capital del Reich, por el bien de Alemania. En los tiempos de montañero imprimió sus huellas, claras, nítidas e inconfundibles.

En ninguna parte es el río de los nibelungos tan bello como en las grandes vegas alejadas de las urbes, cuando su cauce puede otearse desde lo alto. En los valles estrechos se angosta y juega a arroyo serrano; en las ciudades, lo ciñen los muros pulidos. Es entre el sayo verde claro de los sauces y alisos donde se expande, se ensancha y enseña su poderío. Piensa uno en Krimilda y Hagen al ver su majestuoso llegar y al observar cómo se interna en la campiña, en la gran cuenca que en su periferia sur muestra los riscos septentrionales de las Montañas Muertas. Alcanza su mayor belleza cuando el viento acaricia los saucedales y el plateado oleaje de las copas se apresura hacia las aguas. El río propiamente dicho está quieto y traza su lecho con solemnidad, imperturbable ante el temblor en sus riberas. Contemplar desde lo alto la ingente arteria del paisaje ensancha el corazón y eleva el pensamiento.

III

A medida que clarea, vislumbra, al volver la cabeza, cómo desde el fondo del valle va subiendo humo. Estáran quemando trastos viejos a esta hora del amanecer. Desde lo alto, uno contempla el hongo como si, a bordo de un aeroplano, la mirada recayera sobre pelotones de nubes en ebullición. Es humo blanco que pronto se desvanecerá, pues no serán muy grandes las hogueras que encienden.

Vuelve la mirada para comprobar si la cuadrilla deja huellas. En la nieve grisácea sólo se atisban las pisadas impresas por el cazador que lo precede, de las que apenas se desvían quienes lo siguen. En los tramos empinados el cazador pisa con las puntas de las botas, y aquellos dos, hijos de la llanura, suspiran y hacen equilibrios para que el peso de las mochilas no los arrastre hacia atrás. Se alegra de no sentir dolor en las rótulas, sino sólo un leve tirón que le recorre las piernas procedente de las pantorrillas.

Cuando la ladera se hace muy escarpada y los obliga a subir por la línea de máximo declive, en una franja estrecha, el cazador adopta el caminar del asno, ascendiendo en minúsculas serpentinas. El rodeo que conduce más rápido a la meta; la línea abierta en abanico; el plano inclinado; la hélice. Geometría aplicada.

Apenas dejan rastro en la dura nieve. Sin embargo, cuando salga el sol, la diminuta huella se escurrirá convirtiéndose en impronta de mamut. Las pisadas saltarán a la vista, pero su perfil habrá desaparecido. La holladura permanecerá hasta el primer verano, pues bajo la nieve aplastada por la bota se formará hielo persistente, un taco que seguirá allí cuando a su alrededor ya corra el agua sobre los ralos hierbajos. Pero sólo el rastro virgen es indicio certero. Todo cazador lo sabe. Esas huellas del tamaño de bolas de queso, despanzurradas por el sol y los cálidos vientos, ya nada significan; podrían datar incluso de finales del último otoño. ¿Qué es un rastro? Cuando las aguas del arroyo han corrido sobre nueve piedras vuelven a estar limpias aunque haya un cadáver fétido tirado en su nacimiento.

El cazador camina al frente, y el jefe superior de grupo mira con cierto cariño sus pantorrillas, que resaltan afiladas y angulosas bajo las medias de lana. Uno como éste marcha día y noche, parsimonioso pero consecuente y sin rezongar, a través de los tiempos. Esa constancia, a menudo confundida con la tardanza, es un polo de paz en medio de la exaltación circundante, la fuga de las contingencias. Uno como éste no va y dice: «Mirad qué fortaleza soy». *Es* una fortaleza. No dice: «Sobre mí podéis montar casas y regímenes». ¡Sobre él *pueden* montarse, en efecto, casas y regímenes! Uno como éste conduce al tiradero, a las montañas, al laberinto rocoso y a los campos de nieve, sin preguntar a quién conduce. Avanza sobre la nieve y el hielo, hasta los lagos desiertos, sitos en el extremo opuesto, inaccesible, del altiplano, adonde uno se repliega en tiempos de gran ajetreo para después volver, purificado y pertrechado, al mundo.

En un paraje como éste tendría que haber un campamento juvenil, un castillo de la Orden o centro del Hontanar de la Vida. Largas y rubias cabelleras de mozas alborotadas por el viento. Engendrar vida ante el panorama del río. Sin iglesia que afee el sitio. Y eso que puede darse por seguro que para los marcómanos fue un lugar de culto. Pero los exterminadores de la fe germánica no supieron qué hacer con el cerro: demasiado alto es para servir de calvario, y sus símbolos precisan de caminos más cómodos. Para poner una hipócrita ermita le falta dureza al lugar, el granito no forma picos. También perdieron la ocasión de montar una romería. Se necesitan varios siglos hasta que el cuento dé sus frutos (y redunde también en beneficio de carniceros y mesoneros).

IV

Se calzan los esquís porque el día se ha impuesto definitivamente, acompañado de un calor intenso. Un viento sofocante del sur enfila el corredor que forman las cordilleras y se despeña al valle. Sólo al otro lado, en la altiplanicie, volverá el fresco. El trecho más abrupto ha quedado atrás, y ellos se apartan de los peñascos que los flanquean y continúan por la plana hondonada. Si ahora, al viento vaheante, se desprendiera una cornisa de nieve, la avalancha ya no podría alcanzarlos, pues moriría como espesa papilla, lava blanca y borboteante que poco a poco se va congelando.

El cazador avanza en silencio, mientras el jefe superior de grupo oye resuellos y jadeos a sus espaldas. Sus dos acompañantes, no habituados a los esquís y preparados para éstos a duras penas con un par de cursillos, quedan una y otra vez rezagados, exhaustos, con los brazos caídos. Han intentado descargar las piernas usando los bastones de forma poco experta, de modo que ahora les duelen las cuatro extremidades. Y eso que sólo han salvado un tercio escaso de la ruta, y al otro lado de los cabezos rocosos comienza a entrelucir la anchura.

Mira hacia la pared. Debió de ser por aquí donde, de estudiante, perforó con el bastón la alta cornisa de nieve y se lanzó por el escarpado barranco realizando un zumbante descenso a plomo hasta la hondonada. Mucho vacilaron los otros antes de seguirlo por el blanco boquete, a las profundidades. Con todo, su audacia no había sido más que una correcta valoración de las posibilidades, puesto que no fue el gusto por la aventura lo que lo hizo saltar al pronunciado abismo cuya naturaleza desconocía. Tras dar varias vueltas de campana y quedar completamente empolvados de nieve, levantaron, entre turbados y admirados, la vista hacia él, que se hallaba allí, de pie, erguido y haciendo con la mano un chulo gesto de visera para que no lo cegara la cruda luz.

Dentro de unas semanas, con la mitad de la nieve todavía sin derretir, las primeras prímulas florecerán en esa pared. *Primula auricula,* la áurea y de áurea resonancia, con su aroma cargado; imposible, se diría, que la produzca la roca gris. Relucirá y se mecerá al viento fresco, y las grandes corolas de treinta pétalos estelares se rodearán de piedra quebradiza, de peligrosa zona de muerte. Huele a especia fragante, mezcla de clavo, canela y azafrán. Pero antes, casi de la nieve misma, florecerá la otra, la *Primula minima,* de color lila pálido. Rosita de la nieve la llama el habla popular. No bien ha desarrollado sus hojas lisas y céreas, brota la flor y florece pocos días, eclosión temprana y temprana muerte, casi en invierno, hálito que se desvanece en cuanto llega el primer viento seco. Por su color se asemeja a la otra sutil tristeza, el narciso de otoño, aunque éste pertenece a la familia de las liliáceas. Los colores de la mañana son afines a los del atardecer. (Georg Trakl, pecado de juventud, aún goza de predicamento.)

Aún le duele en el alma cuando piensa en los estragos causados precisamente a la *Primula minima.* Ahí uno aprendía a distinguir radicalmente a los auténticos amigos de la naturaleza de quienes se arrogaban ese nombre. La *Primula auricula* crece en el risco, adonde no llegan los badulaques de la Seguridad Social o la Cooperativa de Consumo disfrazados de montañeros. Pero su hermana pequeña de color lila pálido no trepa a las rocas, sino que brota junto a los hilillos de agua que manan de la nieve, y ese terreno lo supera incluso gente con varices vendadas. Siente de nuevo la hiel en la lengua cuando, mientras va subiendo, recuerda cómo se abalanzaron sobre las flores cual hatajo de bárbaros. Gente que con la acedera y la ruda cabruna tiene más delicadeza que con la más tierna de las flores de primavera; de lo contrario cualquier campesino los echaría a latigazos de los prados.

¡Esas verduleras! Manojos enteros de la tierna prímula embutieron en sus delantales a cuadros azules, como si de perejil y raíces para la olla se tratase. Antes de que llegaran a la cima con su andar patoso y flojo de rodillas, aquella magnificencia tronchada ya estaba marchita, entonces la tiraron sobre la roca viva, como heno inservible, podrido bajo la lluvia. Un cementerio ruin en las sublimes cumbres.

El que va a la alta montaña necesita una disciplina muy particular. Alguno se mofaba de los «aristócratas» de la Asociación de Montañeros Licenciados; pero dichos «aristócratas» eran la policía de alta montaña. De no ser por ellos, los pseudoalpinistas, los «amigos de la naturaleza», habrían devastado y saqueado sin pudor la flora de las excelsas alturas. Cuando mañana haya paz y la gente vuelva a deleitarse con la genciana y la rosa de los Alpes, tendrán que dar las gracias y tributar respeto a los montañeros licenciados de antaño, estando como estaba su ideología montana por encima de toda duda.

Las plantas robustas son menos bellas, pero las tiernas no viven mucho. ¿Cuándo saldrá la *Primula minima* este año? ¿Quizá ya al regreso del lago Desierto?

Después, el bello paraje sobre el Danubio fue destinado a una función distinta. Él no pudo oponerse abiertamente, pues ocupaba todavía un rango inferior; Heydrich, su antecesor en el cargo, aún estaba vivo, y la decisión competía a Heinrich Himmler, jefe supremo de las SS. Pero él, Kaltenbrunner, se sentía tanto más dolorosamente atraído por el altozano con la vista panorámica. Ocurría igual que con una mujer amada: aun siendo otro quien ha tomado posesión de ella, uno siempre intenta acercarse con nostalgia, y al verla rodeada de sus hijos lo atraviesa un dolor punzante. La añoranza y el apego secreto permanecen, aunque su objeto haya ido a parar a las manos equivocadas. La nostalgia es la dulce compañera del viejo amor. ¿Quién no lo habría experimentado en carne propia?

V

Han llegado al primer alto, y el sol rojo que les alumbra la cara al sesgo ilumina también el inmenso campo de nieve que se abre frente a ellos. Ni una sola huella se adentra en la vastedad, el último vendaval lo ha borrado todo.

Abajo, el valle se ha distanciado y, sumido todavía en la sombra, tiene un aspecto gris e irreal. Pero las columnas de humo se han multiplicado. En tiempos de paz, los campesinos limpiaban los prados y quemaban el musgo y la hojarasca por estas fechas. Ahora, sin embargo, cree el jefe superior de grupo, ahora que va a entrar el enemigo, sea hoy o mañana o pasado, nadie pensará en quehaceres de esta índole. ¿O es que allá abajo ya ha vuelto el día a día? Está parado en el borde de la vasta albura y su corazón late con angustia al imaginar que, cuando descienda de las Montañas Muertas, habrá de regresar a un mundo completamente cambiado.

Una vez más vuelve la mirada, porque cuando se alejen de la pronunciada rampa no verá el valle en mucho tiempo. Enfoca la escarpada pared rocosa del viejo monte salino y respira con alivio, pues lo que deja atrás, en el valle, le facilita el camino hacia delante, hacia el blanco oleaje que centellea como espolvoreado de filigrana plateada.

Allá abajo estarán a punto de forzar la gigantesca cámara del tesoro, y hurgarán entre sus joyas, y presumirán de ser grandes salvadores. Por lo pronto no mencionarán su nombre. Pero sólo al principio, en el período sin ley, pues pronto se sabrá: que fue él y ningún otro quien impidió que el peligroso loco del otro lado, allende las montañas (donde aún sigue), hiciera saltar por los aires los tesoros de arte más valiosos de Europa. Hubo testigos, y estas cosas tienden a saltar de boca en boca. Aunque nunca ha tenido sed de candilejas, pues el primer policía del Führer no necesita la publicidad del pregonero, lo avalan la calma y el orden. Es persona de leyes y sabe: una vez pasadas las primeras semanas sólo cuentan los hechos. Después de la exaltación vuelve la reflexión, y el que se repliega un rato consigue que los hechos sean aún más elocuentes.

En un principio, nadie veía utilidad alguna a las extensas galerías de la vieja salina. Pero cuando la guerra empezó a acercarse a las fronteras del Reich, se hizo necesario rescatar el patrimonio artístico y ponerlo a buen recaudo. Las galerías, libres de humedad, se ofrecían para ello de modo natural, como quien dice. ¿O acaso habría sido mejor exponer el famoso políptico de Gante al fuego de la artillería? ¡«El mundo» se habría despachado a gusto si eso hubiera ocurrido!

Obviamente, él nada tuvo que ver con los pormenores, sólo de tanto en tanto dio cobertura a transportes discretos, como cuando en época de paz la policía escolta un convoy pesado por calles muy estrechas. Al fin y al cabo, el primer policía del Führer no puede hacer de director de museo, además de máximo conservador de arte del Reich.

Pero luego, en las últimas semanas, se vio confrontado directamente con todo ese engorro. Al principio no le atraía en absoluto, tenía preocupaciones más importantes que atender. Aun así, ha dejado un legado que no podrán pasar por alto cuando vuelva del campo de nieve.

Sus obligaciones lo llevaban con frecuencia a esta comarca, donde residían los gobiernos que, provisionalmente, tuvieron que salir de sus respectivos países hacia las montañas: eslovacos, húngaros, croatas. Necesitaban protección y una atención aún mayor.

–El camarada del Partido Kaltenbrunner entiende de esas razas balcánicas y semibalcánicas –dijo con malicia Himmler en una reunión–. Tiene para eso el olfato del austríaco viejo.

Los estados mayores y gobiernos amigos precisaban de alojamiento, por tanto hubo que requisar cada vez más mansiones, villas de altos gabletes y miradores de profuso ringorrango. Los variopintos y fantásticos uniformes evocaban el Bad Ischl de 1910 o, mejor aún, el de 1908, cuando se celebró el sesenta aniversario del reinado de Francisco José: mucha pompa, mucha palabrería, mucha desidia. Y dinero a mansalva, también billetes falsos; a espuertas. Falsificaciones que seguirán flotando en los lagos y ríos aunque hayan transcurrido veinte años. Lo fatal era que, de forma misteriosa, empezaron a circular también los productos caseros, billetes de cinco libras esterlinas hechos con verdadera maestría. Al igual que los gitanos, aquellos traficantes natos habían extendido sus redes por todas partes, y tocaba vigilarlos, pues los americanos, chalanes de órdago, andaban cerca. El que mueve dinero de un lado a otro es capaz de traicionar a su mejor amigo.

Aquel encargo por «austríaco viejo», como burlonamente señaló Himmler, era mucho más importante de lo que ese pánfilo maestro de primaria sospechaba. Cajas de acero estancas, con dinero y documentos, fueron sumergidas en fríos lagos de montaña. Recoger para mañana, guardar para pasado. Todo ello requería a una persona realmente entendida, y la misión, sobre la cual había informado cautelosamente al Führer cuando aún estaba en Berlín, resultó amarga y pesada. Ni siquiera podía comentarse sin tapujos, porque enseguida surgía la peligrosa acusación de «derrotismo». Hubo que calificarla de ardid especial, aunque en realidad se trataba del último repliegue.

Los zares, césares y emperadores prenden fuego a las ciudades cuando se acerca el final. El jefe de policía, empero, ha de quedarse y entregar los negocios al sucesor. Tiene que saber qué papeles entrega en el acto y cuáles más tarde, no vaya a ser que lleguen a manos no autorizadas.

Berlín ya no era bella cuando tuvo que abandonarla. Las enormes destrucciones le hicieron añorar las montañas de la patria chica. ¡Pero cuánto amaba él esa ciudad, con sus frescos vientos y los luminosos lagos de sus alrededores, con sus diáfanos bosques de pinos y abedules, tan distintos a las selvas de greñudas píceas! El aire traslúcido de allá arriba favorecía las bien meditadas decisiones de trascendencia histórico-mundial. ¿Y no había sido él, en el fondo, un consumador de la historia al haber llevado el espíritu de Viena a Potsdam y amalgamado dos actitudes cardinales que se completan a la perfección? Limar y aplanar las seculares disputas y desencuentros siempre fue el verdadero resorte de sus acciones. Unos invocaban a Federico el Grande, otros a María Teresa. Pero él, cuando vuelva, podrá reclamarse partidario de ambos.

Fue entonces cuando emprendió la ingrata tarea de acometer la ejecución última de los asuntos del Reich. El mundo tardará en conocer la envergadura de esa labor, muchas cosas no las sabrá nunca, porque hondos son los valles que conducen a las Montañas Muertas e insondables los lagos callados a los que se precipitan los farallones.

Cuando vuelva la calma, los archivos ocultos podrán abrirse a la investigación desapasionada: a los expertos, no a los demagogos ni a las mentes mezquinas del día a día.

Él es el único funcionario entre todos los aventureros de estos tiempos desquiciados. Con él y sólo con él se podrá levantar un acta de transferencia de poderes en forma, una que esté a prueba de la historia universal cuando se restablezcan el derecho y la legalidad. Hacen falta miras largas, una perspectiva de varias décadas, para superar tamaña tarea.

Mientras estaba dedicado por completo a salvar importantes archivos del Reich, y las residencias de los estados mayores y gobiernos amigos eran poco a poco transformadas en lugares de internamiento, se le planteó la cuestión del depósito contenido en la salina. Un alto funcionario de ésta le comunicó que había sabido que el señor gobernador pretendía hacer volar aquella vieja mina de sal en la que se almacenaban tesoros de arte de toda Europa, entre ellos el célebre políptico de Gante.

Que él era el jefe de la Oficina Central de Seguridad del Reich y no tenía nada que ver con los planes y órdenes de los gobernadores de provincia, contestó de mala gana tras esa revelación.

Que no sólo estaban en juego los tesoros de arte sino también los puestos de trabajo de mañana, prosiguió el funcionario. La explotación salina seguiría teniendo importancia en el futuro, pues el pan sin sal no era pan de verdad. Ya habían introducido bombas áereas americanas de gran calibre en una de las viejas galerías. Si la volaban, reventarían los filones iniciados y todo quedaría sepultado: el políptico de Gante, miles de lienzos y los puestos de trabajo de los mineros. ¿Y no estaba el señor jefe superior de grupo por encima del gobernador?

Mientras el funcionario de minas iba hablando, el jefe superior de grupo pensó que lo que realmente interesaba a los mineros eran los puestos de trabajo y no unos cálices raros, el políptico de Gante o *Diana y Acteón*. Antes es mi sayo que el de mi tocayo, aunque el mío sea de lino y el suyo de brocado fino. Pero meditó también sobre la relación jerárquica. En los tiempos apurados que corrían, las cuestiones de rango cobraban particular importancia. El presidente de la dirección de Policía ¿es también el superior del alcaide de la prisión? Y el director del Departamento Penal de Tráfico o de la Institución Penal de Hacienda ¿es el subalterno del presidente de la Audiencia Territorial? ¿Dónde está el funcionario y dónde el gerifalte? Los gerifaltes van y vienen; el funcionario permanece. Le asiste también el derecho, no sólo la fuerza. Con los gerifaltes salientes no hay que relacionarse en tiempos como éstos, pues todo lo arrastran al abismo.

Dijo al funcionario de minas que no quería ni podía dar instrucciones al gobernador de la provincia.

Entonces aquel buen hombre de la seguridad de minas cambió de tono:

—Señor Kaltenbrunner, ¿no cree que también a usted le convendría, de cara a después, digo, dejar constancia de una buena acción?

Kaltenbrunner se puso pálido. Ante su residencia había unos SS armados hasta los dientes, aún dispuestos a lo último. ¿Era ese el tono que, ahora, la gente podía permitirse con él? ¿Llamarlo «señor Kaltenbrunner» sin más?

—¡Fuera! —gritó. Pero ya era mayo y rápidamente se desdijo de su brusca palabra—: No, no se vaya. —Más valía tener un testigo.

Pidió línea telefónica con el gobernador, que había dado la orden de luchar hasta el último hombre antes de refugiarse en una aldea allende las Montañas Muertas, abandonando la capital de provincia a su suerte. Al jefe superior de grupo le intrigaba saber si aún sería posible establecer tan complicada conexión. Y he aquí que el aparato de su tropa seguía intacto hasta la última tuerca. Consiguió que el gobernador se pusiese al habla y le dijo que él, Kaltenbrunner, había mandado suspender la voladura de la mina.

Tenía el gobernador una voz áspera, adormilada, y amenazó con una acción de castigo si aquellas órdenes no llegaban a cumplirse, pues en su provincia mandaba él y nadie más que él. Antes y ahora, para servirle. Pronunció la palabra «detención».

Está como una cuba, el cerdo, pensó Kaltenbrunner con rabia contenida, y sintió asco ante aquella voz. Nos sigue cubriendo de vergüenza hasta el último, heroico momento.

Luego gritó a la boquilla del teléfono:

—¡El jefe de la Policía sigue llamándose Kaltenbrunner! ¿Que me va a detener a mí? ¡Payaso! ¡August de capirote! —Decirlo y tirar el auricular en la horquilla fue uno. Nunca nadie se había atrevido a decirle semejante cosa al gobernador. Por cierto, August, nombre de pila del sátrapa, ya no se libraría del mote que acababa de colgarle.

Después impartió sus órdenes, y más tarde se extrañaría de que se hubieran ejecutado puntualmente. Comprobó con asombro cuánta fuerza se concentraba todavía en sus manos.

Los mineros, que apenas esperaron el resultado de la reunión, ya habían hecho los preparativos para extraer las bombas aéreas de la galería. Pasando ante las narices de los centinelas de las SS, las llevaron al cercano bosque. Los centinelas no intervinieron.

Se había instalado una curiosa duplicidad de poderes. La ausencia de ley que se extendía subrepticiamente tenía ya el mismo peso que la autoridad en funciones.

—Mi querido Kaltenbrunner, el campo está rematadamente mal ubicado —le había dicho Ziereis, el jovial bávaro, comandante del mismo—, la belleza del sitio nos pierde. Los fogoneros del crematorio se dan muy mala maña, tanta que he perdido la fe. Cuando hay mucho trabajo —y es natural que con esas epidemias los débiles se mueran como chinches— me encienden un fuego tan vivo que por la chimenea salen unas llamas de cinco metros de altura que iluminan todo el valle del Danubio y, de noche, se aprecian hasta en la capital de la provincia. Un faro para los piratas del aire, un escándalo para las almas delicadas. He relevado a los encargados ya tres veces. Pero siempre tengo que

dejar a uno o dos hombres para que instruyan a los nuevos. De lo contrario, el trabajo no funcionaría.

–Querido Ziereis, a nosotros no nos preguntaron cuando construyeron el campo; les habríamos indicado un sitio mejor.

Ese campo fue una perfecta muestra de falta de instinto. Kaltenbrunner lo recordaba con ira creciente. En la primera guerra había sido un campo para presos serbios, y una epidemia de cólera se llevó la vida de miles de soldados extranjeros. Un obispo que de vez en cuando prestaba servicios voluntarios de enfermero cayó víctima de la mortandad. La ostentación del amor al prójimo le salió por la culata. Kaltenbrunner vio corroborados sus temores de que las beatas de todo el país fueran a establecer las comparaciones más insidiosas, torcer los ojos y secárselos con la punta del delantal, agitar a la gente con sus malos presagios.

Así y todo, los gobernadores, unos advenedizos, consiguieron imponer su criterio a la hora de elegir el emplazamiento. Cada campo es mi castillo, era su lema, y como tal había de situarse en una elevación del terreno ¡para que tuvieran una bella vista en sus visitas e inspecciones! A él, jefe superior de grupo, aquella decisión errónea le había dolido en el alma.

VI

Frente a ellos yacía el inmenso altiplano de nieve. El terreno, festoneado por los flequillos de sombra de las elevaciones, parecía ascender como el mar cuando uno lo contempla desde la montaña: una pared blanca y rielante que se remonta hasta el cielo azul. Los dosmiles hacia los cuales avanzaban parecían quedar muy abajo, como conos que suavemente se yerguen del valle.

Conocía aquel espejismo de las altiplanicies nevadas que al caminante incauto le hacen pensar que ha llegado a la meta y no ha de atender a la pequeña nube que poco a poco va tapando el sol. Entonces la blanca y empinada pared se tiñe de un gris opaco, y la vastedad se torna pesada y peligrosa. Si, además, se levanta viento, uno siente la infinita soledad que lo rodea. En ese trance, el primer vivac es el mejor. Nunca hay que esperar hasta sentir el frío en los huesos. Más vale dejarse sepultar por la nieve que ir al encuentro de la ventisca. En ocasiones él estuvo metido hasta dos días en una nívea madriguera. Se le consideraba un montañero tan precavido y experto que jamás un equipo de rescate tuvo que salir en su busca, por más que llevara un par de días sin aparecer.

Después, cuando el viento enmudece y el sol rompe a salir, uno perfora la grávida capa de nieve, y ahí yace el vasto plano, inocente y centelleante. Todas las huellas han quedado borradas, el paisaje blanco se ha convertido en un terreno virgen en el que uno se adentra como el primer hombre, y pasadas y olvidadas quedan las penas y fatigas.

Así sucederá también cuando él regrese de esta larga caminata, cuando vuelvan a imperar el derecho y la ley.

Ha habido indicios chocantes, como en 1918. Si por entonces se produjo un lucrativo tráfico de bacilos tuberculosos recogidos en escupideras, ahora el panorama estaba lleno de varones jóvenes con piernas escayoladas. Existían auténticos «talleres» para fábricar fracturas de tibias y peronés. Estirar la pierna en dos troncos paralelos y descargar sobre ella un rodillo pesado, esa era la receta, y se disfrazaba de accidente ocurrido durante la manipulación de la madera. Y allí la madera se manipulaba por doquier.

De eso siempre habrá en una guerra. Quienes escurren el bulto están dispuestos a asumir todo tipo de adversidades. Lo que da que pensar son las circunstancias que jalonan tales epidemias. Por una parte, el hecho de que haya médicos que, supuestamente, no se extrañen de que esas roturas de pierna se multipliquen de forma tan llamativa. Por otra, el lapso de tiempo con el que parece contar la gente. Una simple fractura de las extremidades es cosa de un par de meses o tres, como mucho. ¡Cuán carcomido debe de estar un régimen para que no se le den más de dos o tres meses! El traficante de gonococos y fracturas de peroné siempre está ahí. Pero en épocas de avance y victoria no tiene clientela, pues la perspectiva de regresar cubierto de gloria, con gran botín y ebrio de triunfo resulta más espoleante para el hombre que una gonorrea artificial o una fractura hecha a medida. En cambio, si más puede el deseo de enfermedad es porque se ha dado la espalda al viejo régimen.

Al principio apenas nadie grita «¡abajo!» o «¡basta ya!». Pero hay fenómenos secundarios indicativos de que la parábola va cayendo, como el médico que de repente sólo «remedia» y ya no explora la causa del mal, o el correo que deja de transmitir notificaciones de desaparecidos, o la impotencia rampante y latente del poder.

Hasta ochocientos SS llegaron a batir esta región de montañas; no obstante, no dieron con los desertores y los fugados de cárceles o campos de concentración. Una vez fusilaron a uno y detuvieron a varios cómplices. Pero los que realmente importaban se hallaban a salvo. ¿En las Montañas Muertas? ¿Qué son ochocientos efectivos si la mayoría nunca estuvo en la alta montaña? Ni ocho mil hubieran bastado para este desierto de nieve y piedra.

De todas formas, él nunca se creyó del todo lo del novelesco juego de esconderse en cuevas y barrancos. De eso hubo, qué duda cabe, pero sólo en momentos puntuales y no durante todo el año. Es cierto que las Montañas Muertas son territorio partisano de viejo cuño. El cazador furtivo las conoce mejor que el cazador legal, pues de pequeño ha tenido que aprender a observar las rutas de éste y a transitar por caminos distintos. Y cazadores furtivos eran todos los que, vía España, Dachau u otros centros, regresaron a las Montañas Muertas... Sin embargo, debían de estar metidos en el valle, al menos en invierno, y los inviernos eran largos. Seguro que estaban donde nadie los suponía. Por otra parte, se trataba de un balneario famoso y no de Lidice u Oradour. Fugitivos solitarios no podían ser, debían de tener compinches y colaboradores a mansalva.

Recuerda el ejemplo que tantas veces contó, en 1933, para lisonjear a los protestantes. En 1781, al proclamarse el edicto de tolerancia religiosa de José

II, todos los vecinos de determinado pueblo de estos valles se declararon protestantes sin excepción. Desde la Contrarreforma, o sea, desde hacía ciento cincuenta años, habían guardado fidelidad inquebrantable a su credo. El hijo, la madre, el abuelo, la tatarabuela. Un episodio que se prestaba para los libros de texto y la asamblea popular. Ahora bien, para pasar un siglo y medio en la clandestinidad no puede uno ir y rasgarse las vestiduras y soltar un «Heme aquí; no puedo hacer otra cosa», por mucho que quiera. Más bien ha de procurar no llamar la atención, ni de la Iglesia omnipotente, ni del emperador, ni de los esbirros, sean cuales sean. Por tanto, desfilará debidamente con la procesión del Corpus, rezará con celo el rosario y hará genuflexiones por la mañana y por la noche. Ésta es la otra cara de la vida clandestina y, bien mirado, también la de la fidelidad. De esta ambivalencia no le gusta hablar. Tampoco ahora se deberían sobrevalorar ciertos gestos devotos y acerados, devenidos mera rutina. Lo protestante detrás del rosario se parece a lo subversivo detrás de la bandera que aún ondea.

Que las evacuaciones a la montaña debieron de ser un mazazo para la moral de la población lo supo él en cuanto comenzaron. Un cúmulo de miembros amputados –un torso de gobierno en una mansión, un estado mayor pulverizado en otra– tenía una penosa carga simbólica para la paulatina mutilación del organismo del Reich. Ese campamento de alegría exasperante, uniformes exóticos y muchísimas botellas de aguardiente tenía que resultar desalentador para las personas de fe, a la vez que sobremanera estimulante para los incrédulos. A todos esos croatas, eslovacos y magiares se los debería haber abandonado a su suerte. Por otro lado, convenía tenerlos cerca con su «corte»; de lo contrario, habrían dado al enemigo toda clase de explicaciones complacientes antes de que los ahorcaran, y eso habría tenido un efecto no menos deprimente. La descomposición campaba a sus anchas.

Pero el hecho de que, pese al despliegue masivo de las SS en la región, la búsqueda de desertores y prisioneros evadidos no hubiera producido resultado en los últimos tiempos se debía a otra causa: la supremacía deja de ser tal si el edificio ha comenzado a resquebrajarse. Una vez que la mitad de una aldea ha cambiado de opinión, y aunque permanezca callada, no hay manera de echar el guante a los extremistas. De hecho, muchos jefes locales ya estaban aislados cuando la gente seguía saludándolos con el brazo en alto.

En buena hora supo leer los signos de los tiempos. Se puso pálido cuando el funcionario de minas lo despojó gélidamente de sus títulos, pero guardó sangre fría. Es hombre capaz de comprender las entradas heroicas, pero no las heroicas salidas.

Sabe que cuando el primer policía del Führer de pronto se ve reducido a un «señor» a secas ha llegado el momento. Tiene que sobrevivir, la posteridad lo necesitará imperiosamente, como testigo y como técnico.

Los cuatro avanzan entre el cielo y la nieve. Han dejado atrás varios cabezos, por lo que pierden de vista sus huellas, una curva en el laberinto. Las crestas de las lomas emiten un brillo escamoso y más opaco que el resto de la nieve. En la inmensa vastedad el reducido grupo parece una cuadrilla de hormigas dirigiéndose hacia una meta misteriosa. En determinado momento oyen un lejano temblor y retrueno, procedente sin duda de avalanchas que se desprenden muy abajo, en la pronunciada rampa. Kaltenbrunner percibe el retumbo con satisfacción. Los aludes sepultarán completamente las huellas. Confía en que queden muchas cornisas de nieve colgadas de los picos, pues la amenaza de avalanchas disuadirá a los perseguidores de emprender el ascenso.

Encabeza la marcha el cazador, despacio, a ritmo acompasado, seguido por Kaltenbrunner, que está casi alegre aunque los hombros y las lumbares comienzan a dolerle bajo la pesada mochila. Sus dos acompañantes tienen los rostros inflamados y las rodillas tiesas. Los ha observado comer nieve furtivamente en un par de ocasiones. Se enoja pero no dice nada, pues en su interior ya ha dejado de ser jefe. No entenderían el consejo del montañero, porque la comprensión es fruto de la experiencia individual.

Los aludes sepultan las huellas. Quien huellas quiere dejar tiene que disponerlas al margen de las grandes pistas de avalanchas. La noche previa a su partida hacia las montañas aún estuvo elaborando una memoria que, con ánimo previsor, olvidó en su albergue. Dejó propuestas para una lista de gobierno, y sabe que con ella tendrán materia para *rumiar* largo rato. La palabra le hace reír en sus adentros, pues le muestra que también en lo idiomático está recuperando el sabor de su patria chica.

Por supuesto que ninguno de los que ha designado para un cargo de ministro se alegrará por ese «nombramiento», todos se distanciarán a voz en cuello y se verán denunciados como colaboracionistas por quienes no figuran en la lista. Sea cual sea su reacción, no podrán deducir de tal actitud previsora que él, Kaltenbrunner, es de los que obran conforme al lema de «tras de mí el diluvio». Un Kaltenbrunner medita más allá del término de su carrera personal. No es de los que al final lo hacen volar todo por los aires, incluida su persona. Al contrario, impidió que todo saltara por el aire y chocó con el gobernador de la provincia, quien quería justamente eso; hay testigos irreprochables de ello, testigos, además, que hoy tienen un peso especial.

El hecho de reflexionar por escrito sobre la composición de un nuevo gabinete demuestra que está pensando en su duramente azotado país en estos días de severo azar, cuando cada hijo de vecino debería mirar por sus propios asuntos. Algunos de los que incluyó en la lista son viejos conocidos pertenecientes al bando conservador. Antes del 38 uno se llevaba pasablemente bien con ellos. Después, a éste o a aquél hubo que darle un tirón de orejas, sin pasarse, y más bien para achantarlo. Pocos miembros de ese círculo permanecieron arrestados hasta el final.

La partida, en plena noche, tuvo visos de inicio de expedición. Los centinelas apostados ante los albergues militares acechaban desde muy dentro de los zaguanes, un único soldado se cuadró ante el reducido grupo mientras los demás se quedaban mudos e inmóviles. ¿Por indiferencia? ¿O por inquina al que se evadía del cerco y acometía el paso por las montañas, como «la Virgen que cruzó la sierra»?

El hielo gris del lago estaba ya relamido por todas partes; flotaba a veinte metros de la ribera e iba menguando cada día. Al pasar frente al cementerio, situado en una mansa ladera sobre las aguas, Kaltenbrunner se acordó de que allí estaba enterrado

Jakob Wassermann, desde 1934. Poco después de marzo de 1938, un acólito había preguntado si no urgía proceder en el asunto. Que a uno como Wassermann nada se le había perdido en un hermoso camposanto ario, que habría que trasladarlo a un sórdido cementerio judío. Pero él no estuvo por la labor y contestó que no había que tocar nada, que aquel Wassermann, con sus tochos aburridos, no tardaría en caer en el olvido. Eso también habrá que recordarlo cuando se hable de su «campaña contra los judíos», y ni que decir tiene que se hablará de ella; no hace falta inteligencia de policía para preverlo. Pero él puede alegar que protegió personalmente la tumba de Jakob Wassermann, lo que no le granjeó ninguna simpatía. El hecho de haber formulado un juicio literario que quizá fuera incorrecto, ¿quién podrá reprochárselo? Al fin y al cabo, él es un letrado y no un papa de la literatura. ¿Acaso el viejo Goethe no valoró erróneamente a Heinrich von Kleist, y Schiller a Friedrich Hölderlin?

El episodio Wassermann muestra que él siempre fue un hombre reacio al extremismo, nunca un sádico como el «rey de los francones», el calvo Julius Streicher. Jamás se empleó a fondo en toda suerte de asuntos, como hizo su adlátere Eichmann, quien ni mucho menos podrá reclamarse partidario suyo. Siempre estuvo por encima de las cosas.

El jefe supremo de la policía no hace interrogatorios. El más alto funcionario de la Seguridad es un escrupuloso servidor del Derecho. Pero él no hace el Derecho, sólo ha de atenerse al mismo. Exagerarán y hablarán de millones de víctimas, como si las hubieran contado. Pero él podrá decir con énfasis y dignidad: «¡Hasta custodié la lápida del judío Jakob Wassermann!».

Y luego, hace mucho tiempo, hubo aquella acción a la que lo invitaron y en la cual finalmente participó con un nutrido grupo de SS, aunque se enojaba cada vez que llegaba a aquel campo que deslucía el paisaje. Se trataba de poner en marcha un dispositivo para fusilar a criminales. El mecanismo consistía en colocar al delincuente de espaldas a una vara de medir de las que se emplean en las tallas de los reclutas en el mundo entero. Mientras la vara horizontal caía sobre la cabeza del preso, un tirador situado detrás de la pared apretaba el gatillo y, por un agujero practicado en la vara, el proyectil penetraba en la nuca del ajusticiado. El arma estaba provista de un silenciador, de modo que en los sótanos del crematorio apenas se oía nada.

Según explicaba el comandante del campo, Zireis, se trataba de realizar las ejecuciones de forma más discreta y menos fatigosa, tanto para el eje-

cutor como para el condenado. En el caso de la fa-
mosa silla eléctrica pasaban varios minutos hasta que
se producía la muerte. Con el mecanismo de la vara,
en cambio, la muerte llegaba en cuestión de segun-
dos. Naturalmente, en el campo existían también
ejecuciones públicas, mediante la horca y el fusilamiento. Pero eran consideradas actos capitales y de
Estado y conllevaban siempre un efecto educativo.
El fusilamiento en la vara de medir era discreto.

Se le presentaron a la comisión un par de doce-
nas de ejecuciones de esta índole, y la demostración
resultó convincente. Los destinados a la muerte
caían hacia delante, como abatidos por el rayo, y
eran llevados a la sala de cadáveres.

–¿Sabes una cosa? –le dijo Ziereis después–. Soy
contrario a la pura química. Nosotros operamos de
una forma más cercana a la muerte en el campo de
batalla. Además, esas humaredas de gas apestoso...
Eso se lo pueden permitir en el Gobierno General,
escasamente poblado, en los eriales de Auschwitz y
Treblinka. ¿Pero nosotros? ¿Aquí, en la plácida colina panorámica sobre el río de los nibelungos?

VII

Detrás de una loma hacen el primer descanso. Los rostros de los dos asistentes brillan húmedos de sudor y ambos tiran, maldiciendo, las pesadas mochilas a la nieve. Uno de ellos saca una lata de zumo de limón. Abren, con la herramienta punzante de una navaja, un par de agujeros en la tapa y beben con avidez el ácido zumo. El jefe superior de grupo y el cazador sacuden las cabezas en un gesto de desaprobación. ¡Pero es que no saben que los líquidos demasiado ácidos o dulces incrementan la sed! Esto provocará que cuando reanuden la marcha coman más nieve y lleguen afónicos y con la garganta inflamada.

No han leído a Payer y Weyprecht, nuestros expedicionarios del Polo Norte, piensa Kaltenbrunner; si no, conocerían, al menos en teoría, las perfidias de un desierto de nieve.

–Como médicos deberían saber que la sed se calma con pequeños sorbos de un líquido suave –dice el cazador con rostro impasible, y su voz no desvela si cree o no en la condición médica de los dos. Los tres llevan el uniforme del cuerpo de Cazadores de Montaña.

Observando con gesto de leve disgusto y desprecio a los que beben, Kaltenbrunner y el cazador comen pan seco y ciruelas pasas. Cuando el viento arrecia, vuelven a calzarse los esquís y prosiguen su adentramiento en los blancos valles y cabezos que llegan hasta el blanco horizonte. Tras el descanso se tambalean bajo sus cargadas mochilas y tardan un rato en recuperar el tenaz equilibrio del deslizar lento y continuo.

Se siente cansado. Es un cansancio propio de un retorno tardío, muy tardío. ¿Cuándo podrá volver a dedicarse a la educación de sus hijos, tarea que por fuerza mayor le estuvo impedida tantas veces y tan largamente? Lo necesitarán, y mucho, sobre todo ahora, en estos tiempos convulsos. Seré para ellos apoyo y sostén, y los guiaré con tacto.

Su marcado sentido de la familia lo hacía destacar entre la mayoría de sus camaradas, quienes confundían una gran época con un tiempo de desenfreno. No le gustaba la desmesura, ni siquiera ribeteada de aires de lansquenete. No era un jefe de compañía bravucón que, llegado a general, destroza copas en sus borracheras y siempre anda buscando una vivandera sebosa para meterle mano bajo el refajo. No se unió al Movimiento como un exaltado, sino como hombre sumamente culto, con una aquilatada conciencia de la tradición detrás y una sólida carrera por delante. En su vida no cabía el bullanguero compadreo de las palmadas en los hombros; todo en ella era moderación y estricta serenidad. Si, a veces, su actitud resultaba distante y fría se debía a que miraba por la causa, nunca por la persona. Sus discursos siempre tuvieron altura y rigor, pero les faltaba el fuego primitivo de las emociones. A menudo lo invitaron a la toma de posesión de algún alcalde y ceremonias por el estilo. Se alegraban mucho si aceptaba, pero se quedaban desconcertados cuando, una vez que acudía, no daba pie al trato íntimo y familiar.

Al regreso de las Montañas Muertas, cuando haya pasado lo peor, retornará al seno de la burguesía de sentir nacional, y todo será como antes o un poco más templado, pero la resignación es sabia y está llena de experiencia acrisolada. No tendrá una jubilación boyante, porque el período en que sirvió al Reich fue breve aunque ocupara un rango elevado. Le pondrán toda clase de trabas, pasajeras, y habrá que tener paciencia hasta que las aguas vuelvan a su cauce. Será un período de ocio, si bien no del todo voluntario. Un tiempo para repasar lo sucedido a fin de estar luego realmente por encima de las cosas.

Uno habrá hecho acopio de sabiduria. Y estará parapetado para todas las preguntas, no sólo las primeras, seguramente inspiradas por el odio, sino también para las demás, las que provengan del ámbito intelectual.

Nos entregó a Alemania, dirán, y entonces él refrescará la corta memoria de su pueblo, aunque más valdrá callar, porque lo que tenga que decir no será nada grato a los oídos.

Es hijo de una notoria familia pangermánica. De eso no cabe duda, pero ¿quién no lo es? ¿Acaso el cardenal no llamó a la unión con Alemania en los carteles? ¿Y acaso aquel otro, el estadista de 1918 y 1919, no declaró en público que votaría con placer a favor del sí en el referéndum? Y ahora los dos están en la renegada Viena y vuelven a dar poderosas señales de vida, como si no hubiera ocurrido nada. ¿Quién sabe qué ulterior carrera –¿cuántas llevan ya?– tendrán por delante? ¿Y quieren condenarlo a él por haber dicho lo mismo que ellos con otras palabras? El día de mañana negarán tales afinidades, pero el de pasado mañana ya no. Por eso, y sólo por eso, conviene replegarse durante un tiempo para poder entroncar con ese pasado mañana. La marcha al lago Desierto está consagrada a la reflexión y el recogimiento. Claro que el primer policía del Führer deberá afrontar sinsabores después de esa sarta de trágicos acontecimientos. Pero quien estuvo encumbrado ha de estar dispuesto a recomenzar desde abajo.

Mientras con la cabeza gacha sigue el paso lento y pesado del cazador, el jefe superior de grupo recuerda la cínica declaración de aquel famoso escultor que durante mucho tiempo anduvo saturado de encargos estatales y en las últimas semanas se retiró al valle profundo. Preguntado burlonamente cómo le iba con los pedidos, respondió:

–Habrá poco que hacer en los próximos tiempos. Habrá que ponerse de nuevo con las lápidas del cementerio, sus letras han sufrido definitivamente en los últimos años, habiendo quedado ciegas muchas de ellas. Para los canteros hay trabajo a espuertas.

También para la abogacía existe una especie de cementerio. Naturalmente, en los primeros tiempos no hay que pensar en grandes juicios y magnas obras contractuales; es probable que incluso lo internen durante cierto tiempo. Pero después habrá una enorme demanda acumulada, y uno podrá colaborar desde un segundo plano, como asesor que prefiere el anonimato. Más tarde volverán a hacerse valer las viejas y sólidas conexiones, primero las de anteayer, luego las de ayer, pues son persistentes. Quien estuvo encumbrado sabe de la complejidad de los casos y tiene las mejores soluciones al alcance de la mano. Piénsese tan sólo en la colosal reestratificación de la propiedad. La presión de las circunstancias, qué duda cabe, forzó una actuación precipitada, y habrá que dilucidar y desenredar muchas cosas. Sobre todo se tendrá que ayudar a quienes se vieron perjudicados en los últimos años. ¿Y quiénes serán capaces de hacerlo? No los ciegos agitadores, que no saben más que azuzar. A ellos, los que conocieron y supieron entender todo aquel juego de palancas y sus entresijos habrá que recurrir si se trata de eliminar los obstáculos de forma rápida y sencilla. Se los necesitará y será imposible darles de lado.

Siempre ha sido un hombre probo y lleva un apellido honrado. Difícilmente podrán tenerle a mal que, siendo el primer policía del Führer, no fuera amigo de los estraperlistas, sacrificadores de animales y oyentes de radio clandestinos.

Los ánimos se sosegarán y llegará el momento en que se dejen de cargar las tintas. También en el futuro se precisará de un equilibrio contra los asiáticos, y el rendimiento será lo único que valga. Quien se oponga a la revolución y al dominio de la chusma no podrá dejar en barbecho el gran potencial de fuerzas.

Mientras avanza con paso cansino por la altiplanicie de las Montañas Muertas, entreví como en un sueño la primera carta de bufete que escribirá, y donde dirá: «En representación legal de mi cliente...», para terminar con un «Dr. Ernst Kaltenbrunner, su afmo. y seguro servidor». Tras esa carta, el retorno se habrá consumado definitivamente y la libertad habrá quedado restablecida.

Satisfecho con el buen resultado del experimento, Ziereis quiso ampliar y ahondar la impresión, aunque la hora avanzaba ya hacia el mediodía y quienes integraban la comisión tenían hambre. De un golpe abrió la puerta del sótano de los cadáveres para demostrar que todo se había realizado en debida forma y sin trampa.

Pero he aquí que los cadáveres no yacían alineados, como los habían colocado en el suelo, sino que más bien formaban un amasijo, como si los cuerpos vivos hubieran gateado unos hacia otros hasta constituir una especie de pirámide. Mientras la comisión se detenía extrañada, el montón de cadáveres empezó a moverse. Los cuerpos resbalaban unos sobre otros y las extremidades se estremecían, y de pronto uno de los bultos se incorporó a medias y soltó un estridente «¡hurra!», como si fuera a emprender un ataque. Tras un segundo de espanto varios jefes de tropa se precipitaron hacia el revoltijo y dieron el tiro de gracia a los gravemente heridos; algunos disparos se incrustaron silbantes en las paredes de hormigón. Uno de los prisioneros que componían el equipo de encargados del crematorio contemplaba la escena con mirada fija mientras permanecía junto al horno. A Kaltenbrunner le llamó la atención la nariz de ave predadora que afinaba aún más su ya delgado rostro. Era un rostro que parecía absolutamente impasible, sólo los ojos delataban un terror inmenso y un inmenso odio.

–Qué mala pata –dijo más tarde el comandante Ziereis–. El sistema necesita algunas mejoras, pequeñas, para que funcione sin percances. Lo fastidioso es que tengo que renovar al personal del horno, porque después de un error técnico como el que acaba de ocurrir uno no quiere seguir colaborando con esa gente. –Su mirada descansaba ensoñadoramente en el hombrecillo de la nariz ganchuda, en posición de firme junto al horno.

VIII

El paisaje de nieve se extiende inmóvil frente a ellos. El sol ha traspasado el cénit y les da de cara. Kaltenbrunner ya no dice nada cuando, en un breve descanso, sus acompañantes se ponen nieve fresca en las caras encendidas o la comen durante la marcha. No sólo llegarán al lago Desierto afónicos, sino también sin rostro.

Ahora va completamente absorto en sus pensamientos, ya no quiere movilizar fuerzas para disciplinar a otros. Sólo cuando uno de los acompañantes empieza a mascullar preguntando si se necesitan todas las piezas del pesado equipaje, se pone alerta. ¿No sería mejor soltar lastre, como durante la avanzada o –al otro se le atraganta la palabra– en el repliegue?

–Vamos camino del desierto, camarada –replica tajante–, y no tendremos lo que no llevemos encima. Bajo esta nieve no crece una sola patata. El último puesto de víveres lo dejamos atrás hace rato.

La nieve acuosa ha macerado el cuero de las botas y la fría humedad se cuela en los dedos de los pies. Al cruzar viejas cornisas, la nieve se adhiere a los esquís formando gruesas capas, y tienen que poner los bastones debajo para despegar la carga.

El silencio rasga sus nervios, y cuando en un momento dado los sobrevuela una bandada de grajillas, sus feos gritos se les antojan como canto de primavera, como clamor de grullas de paso.

En una pequeña hondonada crecen algunos pinos cembros. Los alerzales ya han quedado atrás. Dicen que el alerce es muy tenaz porque suelta sus acículas en otoño evitando la evaporación del agua. Pero de nada le sirve esa austeridad monacal, pues no trasciende una determinada cota, ni siquiera como arbusto escobero. El cembro, por contra, se encarama a las alturas y su tronco esbelto no revela fatiga. Aun en medio de la roca conserva su verde frondoso, mucho más opulento que el del abeto de la húmeda y sombreada selva. La veneración del roble como árbol correoso: el entendido sonríe furtivamente, pues ¡qué suelos grasos necesita, y cuánta agua!, ¡aljibes enteros! El cembro, empero, parece vivir del viento y el rocío, y no tiene por debajo nada más que la roca, y por encima, el cielo tempestuoso. Aun en la combustión muestra su nobleza: la rama del alerce cruje en el fuego y su resina salta desparramada e inservible en todas direcciones. La rama del cembro, en cambio, arde sin ruido, con llama cerúlea, como una luz eterna. Habrá que estudiar ese fenómeno algún día, en el período del ocio involuntario, pues el bosque germano de estas altitudes dista aún mucho de estar totalmente explorado.

Siguen avanzando, e incluso los pequeños cabezos se tornan en obstáculos fatigosos. El cazador ya no concede ningún descanso porque mejor es caminar por la nieve medio ciego y con el cuerpo titubeante que no poder enderezarse tras el alto. Hace un buen rato que han perdido la noción del tiempo y el espacio, porque el paisaje que tienen delante es igual al que ven atrás. Desde la cresta de un peñasco varios rebecos observan con curiosidad a la pequeña cuadrilla. El cazador los señala con el bastón, pero sólo Kaltenbrunner levanta la vista mientras los otros dos siguen caminando obtusos y sin mirar.

Hacia el atardecer, cuando empieza a refrescar, llegan por fin a la pequeña cabaña, techada con tejas grises y sumergida ladinamente en la honda nieve. El cazador, el menos molido por la larga marcha, apalea la nieve para despejar la entrada, luego bajan a paso vacilante por la brecha, hacia el interior de la fría choza.

El cazador enciende una lumbre y prepara té para él y Kaltenbrunner. Los otros dos dejan caer los bultos y se desploman exhaustos en los duros colchones de paja.

Mañana mismo comenzaré a elaborar mi defensa, no vayan a cogerme desprevenido, piensa el jefe superior de grupo antes de dormirse. Luego cae en una vorágine de sueños pesados, pero la *Primula minima* de pálido rojo termina por rescatarlo.

El cazador parte al alba temprano.

–Hasta dentro de quince días –dice Kaltenbrunner.

–O antes –contesta el cazador–, según las novedades que haya.

Kaltenbrunner lo sigue con la mirada mientras se desliza lentamente por el campo de nieve desandando las huellas que trazaron ayer.

Entonces descubre algo extremadamente inquietante: la cabaña se eleva un poco sobre la ondulada superficie nevada y las huellas pueden rastrearse hasta detrás de los cabezos. Pero a su lado discurre otra línea de huellas, que ora se acerca, ora se aleja de las suyas, como si fueran las de un lobo que ha perseguido un rebaño. Las huellas van más allá de la altura de la cabaña y desaparecen detrás del cabezo siguiente.

IX

A los tres días se presentó un pelotón de soldados enemigos para arrestar al jefe superior de grupo y sus acompañantes.

Cuando examinaron los documentos de quienes ocupaban la cabaña tuvieron serias dudas de si realmente habían dado con los que buscaban. Los documentos eran auténticos, y los tres médicos militares declararon, con la cabeza erguida, que durante los próximos días bajarían al valle para trabajar al servicio de la maltrecha sanidad general. Los soldados extranjeros vacilaban. Entonces, el cazador que los había guiado dio un paso al frente y dijo:

–Son ellos. Detenedlos. Los conozco muy bien.

Kaltenbrunner se le quedó mirando pero el cazador no esquivó su mirada.

Los presos fueron conducidos al valle bajo vigilancia.

Ante el tribunal de Núremberg, Kaltenbrunner mantuvo su defensa largo tiempo: Era cierto que ocupó un alto cargo, que algún que otro documento llevaba su firma. Pero las órdenes las recibió de Hitler y Himmler. Nunca participó de forma directa y personal en las operaciones de su oficina.

Entonces, al cabo de unas semanas, compareció un nuevo testigo. Estaba enflaquecido y en su delgado rostro sobresalía la nariz prominente, como pico de ave predadora.

—Aquella vez, cuando resultó que la mitad de los ejecutados no estaban muertos, un jefe de las SS se mareó y vomitó detrás del horno del crematorio. Entonces fue Kaltenbrunner quien gritó «¡Traigan coñac!». Llegó un jefe de tropa con una bandeja de copas, y, reunidos en la sala de cadáveres, bebieron el aguardiente. Kaltenbrunner dijo «¡Salud!» en voz alta, lo sé porque me encontraba enfrente mismo, junto a la puerta del horno. Luego pegó un grito al oficial de las SS que se había mareado llamándolo cagón y calzonazos.

Al escuchar esta declaración, el rostro del jefe superior de grupo se puso ceniciento y su cuerpo, tieso y derecho hasta ese instante, se vino abajo.

Ziereis, faltaste a tu palabra: no cambiaste al personal, pensó, y supo: Es demasiado tarde.

El jefe de la Oficina Central de Seguridad del Reich, el doctor Ernst Kaltenbrunner, fue condenado a muerte en la horca.

Oficina Central de Seguridad del Reich (en alemán *Reichssicherheitshauptamt*): entidad que aglutinaba los más importantes cuerpos de policía del Reich, entre ellos la Gestapo o policía política.

Montañas Muertas (al. *Totes Gebirge*): macizo montañoso de los Alpes orientales situado entre las regiones austríacas de Estiria y Alta Austria, a unos doscientos kilómetros al oeste de Viena.

A.E.I.O.U.: siglas que se han interpretado como *Austriae est imperare orbi universo,* es decir, «el destino de Austria es gobernar el mundo».

Karl: Carlos I (1887-1922), último emperador de la monarquía austrohúngara.

Defensa Popular (al. *Volkswehr*): ejército provisional de carácter socialdemócrata de la joven república austríaca.

Jefe superior de grupo (al. *Obergruppenführer*): segundo grado más alto en la jerarquía de las SS, equivalente al de teniente general del Ejército.

Amigos de la Naturaleza (al. *Naturfreunde*): asociación alpinista socialdemócrata.

...los pútridos Bosques de Viena...: expresión inspirada tal vez por el odio que sintieron los nazis, en particular Hitler, hacia esta ciudad.

Cazadores y Tiradores imperiales (al. *Kaiserjäger und Kaiserschützen*): cuerpos emblemáticos de los ejércitos de la monarquía austrohúngara.

Combatientes por la defensa de Carintia (al. *Kärntner Abwehrkämpfer*): integrantes de las unidades armadas del gobierno de Carintia que en 1918/19 lucharon contra las tropas del Reino de los Serbios, Croatas y Eslovenos, quienes habían ocupado el sudeste de la región, con gran parte de población de lengua eslovena, para anexionarlo.

Cláusula aria (al. *Arierparagraph*): cláusula contenida en los estatutos de muchas asociaciones que prohibía la admisión de judíos.

Austria Alemana (al. *Deutsch-Österreich* o *Deutschösterreich*): después del desmembramiento del imperio austrohúngaro en 1918-19, nombre que los diputados de las regiones mayoritariamente germanohablantes del mismo dieron a la configuración estatal que reivindicaba la integridad de esos territorios. El nombre fue rechazado por las potencias vencedoras de la Primera Guerra Mundial, teniendo que ser sustituido por el de República de Austria.

Krimilda, Hagen (al. *Krimhild, Hagen*): personajes del Cantar de los Nibelungos.

Anexión (al. *Anschluss*): incorporación por la fuerza, aunque con gran respaldo popular, de Austria al Reich Alemán en 1938.

Castillo de la Orden (al. *Ordensburg*): nombre que recibían los centros de formación de la élite nacionalsocialista.

Hontanar de la Vida (al. *Lebensborn*): asociación perteneciente a las SS que contaba con una red de hogares específicos dedicados al fomento de la «higiene racial» y el incremento de la «natalidad aria».

El que no ceja en su empeño tiene salvación (al. *Wer immer strebend sich bemüht, den können wir erlösen*): célebre verso del *Fausto*, de Goethe.

Austríaco viejo (al. *Altösterreicher*): austríaco nacido y socializado en el imperio austrohúngaro.

Bad Ischl: famoso balneario alpino.

Ziereis: Franz Ziereis (1905-1945), comandante del campo de Mauthausen.

Lidice u Oradour...: localidades, checa y francesa, en las que las SS cometieron masacres contra la población civil.

Heme aquí; no puedo hacer otra cosa (al. *Hier steh ich, und ich kann nicht anders*): frase atribuida a Lutero con la que éste invocaría el imperativo de su conciencia.

«La Virgen que cruzó la sierra» (al. *Als Maria übers Gebirge ging*): villancico alemán.

El hielo gris del lago...: se refiere al lago de Altaussee, ubicado en la región austríaca de Estiria.

Jakob Wassermann: escritor de éxito germano-judío nacido en 1873 y muerto en 1934 que fue enterrado en la localidad de Altaussee.

Julius Streicher (1885-1946): dirigente nacionalsocialista y director del semanario antisemita *Der Stürmer*.

Eichmann: Adolf Eichmann (1906-1962), uno de los principales artífices del genocidio judío.

...el cardenal...: Se refiere al cardenal Theodor Innitzer (1875-1955), quien pocos días después de la entrada de las tropas nazis en Austria firmó una declaración favorable a la anexión del país por el Reich Alemán.

...el estadista de 1918 y 1919...: alusión a Karl Renner (1870-1950), canciller austríaco de 1918 a 1920, quien se pronunció igualmente a favor de la anexión en 1938. Fue jefe del gobierno provisional de la República restablecida en 1945.

...el referéndum...: referéndum impuesto por Hitler y celebrado el 10 de abril de 1938, un mes después de la invasión de Austria, para explotar propagandísticamente la anexión del país a Alemania.

...la renegada Viena...: en el momento de la fuga de Kaltenbrunner, Viena había sido liberada ya por el Ejército Rojo, el cual instaló un gobierno provisional.

...sacrificadores de animales y oyentes de radio clandestinos...: durante la guerra estuvieron prohibidos

el sacrificio libre de animales y la escucha de emisoras enemigas.

Sigurd Paul Scheichl

ASPECTOS FORMALES Y POLÍTICOS DE
EL CAMINO AL LAGO DESIERTO

NOTA DE LOS EDITORES

Sigurd Paul Scheichl es catedrático emérito de la Universidad
de Innsbruck. Los editores quieren hacer público su agradeci-
miento por la cesión de este ensayo.

Que Georg von Lukács le regalara a Franz Kain, en 1952 y con dedicatoria, su libro *Goethe y su época* (1950)[1], engaña: la aproximación de Kain a la escritura y literatura no fue de orden teórico; su principio era: «Por tanto, estimadísimos *literatores*, déjense de historias; hagan historias».[2] Kain es todo menos el «tipo de escritor intelectual-burgués filosofante y, a menudo, cansinamente resignado»,[3] que no escasea entre los lectores de Lukács.

Que Georg von Lukács le regalara a Franz Kain un libro con dedicatoria no engaña: su «forma narrativa ligada a lo popular»[4] responde a algunos de los principios de la escritura «realista», la única que Lukács reconoce, e incluso a los del realismo socialista; sin duda, menos por la reflexión formal que por el natural y francamente ingenuo placer fabulador de Kain, por la abundancia de experiencias que el autor moldea y por la intención, al parecer también natural en él, de tematizar problemas políticos.

El fabulador de historias que era Kain (1922-1997) no fue un hombre del parqué literario.[5] A pesar de haber tenido contacto con Brecht, Seghers, Arnold Zweig, Huchel y Becher en sus años berlineses, y pese a su afiliación a la Grazer Autorenversammlung,[*] no participó en los grandes debates literarios, no redactó ninguna obra teórica a guisa de acompañamiento para sus historias,[6] no cultivó realmente el diálogo con sus compañeros de oficio (sobre todo en Austria), ni tuvo, según mi propia percepción, compromiso activo con la Grazer Autorenversammlung. Siguió su propio camino sabiendo, sin duda, que no pertenecía, ni quería pertenecer, a ninguna «corriente» literaria. El «frescor e ingenuidad» que Haase detecta en los relatos tempranos de Kain[7] se palpa también en sus obras posteriores, para ventaja de éstas.

Su libro autobiográfico *Am Taubenmarkt*[**] [En el mercado de las palomas, 1991] contiene referencias a su socialización literaria.[8] Aparecen pocos nombres, y uno no puede sustraerse a la impresión de que el allí mencionado Hans Fallada[9] le interesó más que Alfred Döblin.[10] De mayor importancia que la

[*] Asociación de escritores austríaca opuesta al PEN Club fundada en 1973. (N. del T.)

[**] Céntrica plaza de Linz. (N. del T.)

lectura parece ser, para el escritor Kain, la experiencia vital. Y experiencias no le faltaban.

Profundizó poco, al parecer, en los métodos de la modernidad. Donde, como en *Am Taubenmarkt,* hace alguna concesión a técnicas de escritura recientes introduciendo papeles o voces reiterativas, no consigue ser del todo consecuente. Por otra parte, *El camino al lago Desierto* es, precisamente, un texto que en absoluto está narrado de manera totalmente convencional, sino que aprovecha las posibilidades de la distribución no cronológica y de la yuxtaposición de hilos narrativos aparentemente inconexos, además del flujo de conciencia.

Sirva esto, por lo pronto, para ubicar al autor en las coordenadas de la historia literaria.

El camino al lago Desierto, cuya forma es lo primero que quiero tratar, apareció en 1974 en el volumen homónimo de relatos;[11] en otro lugar[12] consta como fecha (¿de elaboración o de publicación en una revista?) el año 1969. En carta del 21 de noviembre de 1988 dirigida al profesor de literatura Horst Haase, Kain dice sobre la génesis de la obra: «Habré meditado veinte años sobre esta historia antes de escribirla».[13] Esto situaría la primera concepción del texto en el comienzo de los años cincuenta, próximos, en el tiempo, a los acontecimientos objeto de la narración; sus orígenes se remontarían, pues, a una época en la que apenas existía en Austria debate literario sobre el nazismo. La historia conserva por tanto una inmediatez que en 1969 o 1974 ya no se daba por sentada.[14]

El camino al lago Desierto es la última historia del tomo homónimo de relatos (sólo le siguen tres páginas de un texto comentario). Con ello, «y eligiendo el título del relato para el volumen entero», Kain subraya su peso; también el texto final se refiere explícitamente al mismo.

El argumento se deriva de los hechos históricos: en sentido lato, de la biografía de Kaltenbrunner, personaje sobre el que uno podía informarse sucintamente, si no lo conocía ya de otras fuentes, en las actas del Tribunal de Núremberg que enjuiciaba a los criminales de guerra; en sentido estricto, del intento de Kaltenbrunner de esconderse, en mayo de 1945, en la Totes Gebirge [Montañas Muertas].

Los informes sobre la huida y el descubrimiento del criminal nazi coinciden con bastante exactitud con el relato de Kain;[15] con toda seguridad el autor no necesitó fuentes escritas, pues los acontecimientos debían de ser bien conocidos en su región natal, el Salzkammergut.*

---

* Comarca situada a unos doscientos kilómetros al oeste de Viena. (N. del T.)

Al parecer, Kain apenas altera los hechos. La intervención más obvia aparece en una nota al principio mismo del relato que se incluye en la edición alemana, y en la que el autor señala que el escenario de los acontecimientos es el Wildensee, lago situado en la vertiente septentrional de la Totes Gebirge y que aparece aquí con el nombre de «Ödensee»*, pues el autor lo considera dotado de mayor fuerza simbólica. Por un lado, esta nota fija el escenario con precisión, anclando el relato en una realidad geográfica determinada (la del paisaje natal de Kain); por otro, la referencia a la fuerza simbólica indica, ya al principio, que el lector no sólo va a vérselas con unos hechos, sino que debe contar con la sublimación simbólica de los mismos.

Una segunda intervención puede detectarse si contrastamos el relato con los mencionados informes sobre la detención de Kaltenbrunner. Mientras que éstos hacen referencia a una joven amante que, en la localidad de Altaussee, acababa de dar a luz a unos mellizos, la imagen que el Kaltenbrunner de Kain tiene de sí mismo no admite otra mujer que no sea la esposa (aunque el perfil de ésta permanece completamente indefinido). Esta intervención en los hechos es funcional, pues hace aparecer al personaje más claramente como prototipo.

---

* Nombre del «lago Desierto» en el original alemán. (N. del T.)

Tampoco se menciona, con idéntica función, la socialización de Kaltenbrunner en una corporación estudiantil (de Graz). Ni siquiera se alude a los característicos chirlos que llevaban los miembros de esas organizaciones. Es posible que este elemento biográfico de su protagonista le resultara a Kain demasiado ajeno o tal vez excesivamente restringido al individuo en particular. El que su Kaltenbrunner represente al elitista «montañero licenciado» podría deberse a que el autor conocía a ese tipo de alpinista, una importante cantera de reclutamiento de los nazis, y también a su intención de reducir las calas en el pasado, en este caso la época de estudiante de Kaltenbrunner, a un mínimo posible. No pude averiguar si de verdad fue un alpinista experto, pero es poco probable que Kain inventara por completo ese rasgo de su protagonista.

Por último, el que no aparezca en el relato la gran cantidad de turbios personajes de las SS, Höttl, Skorzeny, etc., que en la primavera de 1945 pululaban por el Salzkammergut, en particular por Altaussee[16], punto de partida de la huida de Kaltenbrunner, debe de explicarse plenamente por razones de economía narrativa: Kain quiere concentrarse en *un* criminal de guerra y no distraer la atención con la presencia de otras figuras. *El camino al lago Desierto* es ya de por sí bastante largo como «relato».

Por este motivo, también los dos acompañantes del Kaltenbrunner fugitivo quedan sin perfil (y sin nombre); sobre todo, nunca hablan. Por una parte, este artificio de evitar casi completamente el estilo directo permite concentrarse en los pensamientos de Kaltenbrunner; por otra, refuerza, y de forma considerable, el efecto de las pocas frases habladas, máxime aquéllas del cazador, personaje muy importante para la comprensión del relato.

Se nos cuentan los acontecimientos desde el enfoque de un personaje que lleva el nombre de un personaje histórico; se menciona el nombre y la función, quizá porque es necesario, ya que Kaltenbrunner, pese a su poder, no estuvo en el centro de la opinión pública como lo estuvieron Göring, Himmler o Ribbentrop, por lo cual no era fácil que los lectores (del año 1974) lo reconocieran sin más.

El final del invierno, el cambio de las estaciones, es uno de los recursos de sublimación simbólica empleados por Kain. Plantea ante todo (si bien en los pensamientos de su protagonista) la ambigüedad de la primavera, del período de transición que no resuelve todos los problemas de un momento a otro, sino que está lleno de dificultades. Aquí el lenguaje del protagonista y el del autor deben de estar muy próximos el uno del otro. La repetición de «Aún

(...) mas no por mucho tiempo» al comienzo del texto ha de leerse también sobre el trasfondo del mayo de 1945, y significa, en el lenguaje del autor (narrador no hay) y para el lector, algo bien distinto a lo que quiere decir en el pensamiento del protagonista.

Todavía más importante es la elección del tiempo verbal: Kain se decide por el presente actualizador, que, dada la perspectiva personal de la narración, no debe malinterpretarse como presente histórico. Junto al presente, es importante el futuro, porque muchos de los pensamientos que Kaltenbrunner evoca durante su ascenso a las montañas hacen referencia a un porvenir, el suyo, del que el lector naturalmente sabe que no existió (no existirá).

El pretérito sólo se emplea en las miradas retrospectivas, así como en un segundo hilo narrativo, marcado claramente con cursiva, que aparece con brevedad al final de cada capítulo: primero, en el presente de la reproducción de pensamientos «se trata de los pensamientos del Kaltenbrunner anterior al final del régimen»; después, en el pretérito de una relación de hechos ofrecida de nuevo desde una perspectiva personal, a saber, la del «jefe superior de grupo». Este hilo narrativo, en el que hay también estilo directo, se refiere al campo de concentración de Mauthausen, emplazado junto al «río de los nibelungos»; comienza con su construcción, en un «lugar de culto» de los marcómanos, sitio no adecuado, según Kaltenbrunner, por razones estéticas, y en el que él preferiría un «castillo de la Orden», y continúa, de forma relativamente extensa (dos capítulos), con «aquella acción a la que lo invitaron»: el cruel experimento con un nuevo método de ejecución.

El que Kaltenbrunner participara en aquella «acción» y un testigo superviviente se acordara es lo que en los juicios de Núremberg le pone, en el sentido literal de la expresión, la soga al cuello. Al final del relato, después del informe sobre la detención de Kaltenbrunner, hay dos párrafos relativos a su comportamiento ante el tribunal de Núremberg, seguidos de la última parte del hilo constituido por Mauthausen, diferenciado sólo por la cursiva de la propia historia del lago Desierto. Ambos planos se unen definitivamente en la última frase, autorial, claro está, pero perteneciente, desde el punto de vista formal, al plano protagonizado por Mauthausen: «El jefe de la Oficina Central de Seguridad del Reich, el doctor Ernst Kaltenbrunner, fue condenado a muerte en la horca».

Detengámonos, por lo pronto, en el Kaltenbrunner que sube, con ánimo completamente pacífico, «a las montañas», aunque la suya no sea precisamente una excursión propia de tiempos de paz. Caminando, un modo de desplazamiento familiar a quien fuera leñador como Kain, le vienen al Kaltenbrunner ficticio aquellos pensamientos cuyo fluir «paralelo al esfuerzo de la caminata en las montañas nevadas» constituye la parte principal del relato. Kain, narrador «realista», no emplea, sin embargo, la técnica del flujo de conciencia a la manera radical de Joyce o Hermann Broch, sino que marca el transcurrir de los pensamientos únicamente con el recurso del estilo indirecto libre, sobre todo mediante oraciones interrogativas, pocas exclamaciones, insertando una y otra vez, a modo de orientación, la frase «piensa el jefe superior de grupo» y estructurando –en vez de proceder de forma asociativa– los pensamientos (en sintonía con su concepción de Kaltenbrunner como hombre que planea racionalmente la carrera profesional, los crímenes y el «futuro»). Quienes pertenezcan a mi generación y hayan tratado, como yo, a numerosos nazis de culpabilidad probablemente más moral que jurídica en muchos casos, con frecuencia personas con estudios superiores, calificarán de perfectamente logrado el intento de Kain de presentar el razonamiento de un «nazi de alcurnia» con el ejemplo de este hombre burgués.[17]

Uno de los temas de ese flujo de pensamientos es la absoluta incomprensión de Kaltenbrunner (y del grupo que representa) hacia la diferencia de categoría entre el fin de la Primera Guerra Mundial y el de la Segunda. Por eso la primera reflexión del protagonista remite, de forma relativamente extensa, al noviembre de 1918, en Linz, donde el descontento de la población se desfogó en un acto de liberación de apariencia más bien grotesca, y donde se palpa el placer de Kain por la fabulación y el detalle histórico local.

Durante unos meses, el padre de Kaltenbrunner, abogado al igual que su hijo, tuvo poco trabajo en esa «época sin ley», y a ello se refiere la esperanza del «jefe superior de grupo» cuando busca un escondite en las montañas.

Mientras transita con paso cansino por el altiplano de la Totes Gebirge, piensa, como en sueños, en la primera carta de bufete que escribirá. Tras ella, «el retorno se habrá consumado definitivamente y la libertad habrá quedado restablecida».

Obsérvese el ya mencionado tiempo verbal del futuro, pero más aún la negra ironía de los términos «retorno» y «libertad», como en general los conceptos de derecho y ley en el pensamiento de un destacado criminal nazi.

Es poco antes, en este pasaje «abogacil», donde el cinismo del protagonista alcanza su máxima expresión: Kaltenbrunner cree que él, una vez llegada la paz, será imprescindible, porque, al conocer sus mecanismos, puede contribuir al restablecimiento del orden. Muy deliberadamente, Kain hace razonar a Kaltenbrunner en eufemismos, en circunloquios encubridores, que no fueron exclusivos de su protagonista.

De esta no comprensión de los crímenes forma parte, en el otro hilo narrativo, la enfatizada desaprobación del emplazamiento de Mauthausen y las reiteradas invocaciones que el Kaltenbrunner ficticio hace de sus propios méritos, sobre todo la salvación de las obras de arte robadas, ocultas en las minas de sal de la región de Aussee, que el gobernador de Alta Austria quiso hacer destruir. Otro de los «certificados de descargo» que Kaltenbrunner se otorga a sí mismo es «que protegió personalmente la tumba de Jakob Wassermann, lo que no le granjeó ninguna simpatía» y una vez, léase, seguramente, antes de 1938, «en una travesía de las Montañas Muertas, hasta dio de beber a uno de ellos, de pinta inequívoca con su nariz aguileña (...) A lo mejor aún está vivo y se acuerda».

El que la persona que finalmente declara contra Kaltenbrunner por su comportamiento en Mauthausen —el único personaje que, aparte del propio protagonista, aparece en ambos hilos narrativos— tenga nariz de «ave predadora» convierte al esperado testigo exculpatorio en testigo de cargo. Este motivo une los dos pasajes, aunque no en el sentido de permitir conjeturar que el preso y el excursionista salvado por Kaltenbrunner en la montaña sean la misma persona.

Mientras que la ideología racista y la apología germánica ocupan un lugar marginal en el relato, Kain insiste en la altanería del «jefe superior de grupo», desde todo punto de vista. Éste se califica a sí mismo de «hombre sumamente culto, con una aquilatada conciencia de la tradición» y desprecia al «jefe de compañía bravucón (...) llegado a general» o al «pánfilo maestro de primaria» que era Himmler y a «los gobernadores, unos advenedizos». También se distingue de muchos jerarcas nazis por su «marcado sentido de la familia» y no «siempre anda buscando una vivandera sebosa para meterle mano bajo el refajo». Fue por este motivo de la decencia burguesa, también en lo erótico, por lo que Kain suprimió toda alusión a la amante de Kaltenbrunner; al intervenir de ese modo en la biografía de su protagonista logra perfilar con mayor precisión el prototipo de nazi burgués y defensor de las normas burguesas que éste representa.

Una burguesía culta que se manifiesta, entre otros aspectos, en el uso que hace Kaltenbrunner de la terminología latina para referirse a las plantas de alta montaña, en la comparación que establece entre su menosprecio por el escritor Wassermann y la opinión de Goethe sobre Kleist o en su conocimiento del A. E. I. O. U. de Federico III. Y es también altanería burguesa lo que rezuma este Kaltenbrunner por ser miembro de la Asociación de Montañeros Licenciados, muy superior a los Amigos de la Naturaleza, con «su condición de urbanícolas vieneses, ya fuesen porteros, secretarios municipales, funcionarios de la Seguridad Social o burócratas de la Cámara de Trabajadores». Una ideología del asociacionismo alpinista de orientación burguesa que se refleja también en el desprecio de Kaltenbrunner por sus acompañantes, inexpertos en la alta montaña.

De modo idéntico se nota la arrogancia social del burgués –en la cual Kain, sorprendentemente, hace más hincapié que en los intereses económicos de la burguesía– cuando Kaltenbrunner se acuerda de la Defensa Popular, «un cuerpo ya de por sí sumamente sospechoso». Puede que con esto el escritor Franz Kain, observador agudo, capte las particularidades del nazismo austríaco con mayor precisión que quien haga un análisis estrictamente marxista de la realidad económica. La distancia de las élites con respecto al pueblo, su falta de solidaridad con otras capas de la población, se convierte aquí en rasgo marcador de una evolución hacia un sistema fascista.

Kain presenta, con su «jefe superior de grupo», la «modalidad de un prototipo», como el propio escritor señaló, un prototipo austríaco. Por eso pone de relieve, en la caracterización del personaje, su condición de burgués culto y soberbio, de «licenciado universitario». Después de 1945, fue ésta la actitud de los nazis dotados de educación superior, sobre todo, quienes trataron de desmarcarse de los jerarcas del partido y de las SS en una estrategia de reintegración social poco proclive, en parte, a rectificar. La referencia a «las viejas y sólidas conexiones» se sitúa en el mismo contexto que el tiempo verbal del futuro que aparece en los pensamientos del Kaltenbrunner fugitivo, un futuro irónico a la luz de su propio destino, pero muy real en tantas otras biografías.

Para no perder de vista al criminal nazi que, también, y sobre todo, fue ese Kaltenbrunner culto, se necesita el segundo hilo narrativo, la implicación del «jefe superior de grupo» en los crímenes de Mauthausen. Es llamativo que el flujo de conciencia del nazi fugitivo gire, por un lado, en torno a su reinserción tras la caída del régimen y evoque, por otro, algunas vivencias y experiencias del período anterior a su ejercicio del poder. En lo que el criminal de guerra no piensa nunca es en la Oficina Central de Seguridad del Reich y su actividad en Berlín. Apunta esto, sin duda, a la amnesia de la mayoría de los antiguos nazis, su estrategia de olvidar o, por lo menos, banalizar las fechorías del régimen y las que cometieron ellos mismos. Su tiempo verbal es el futuro: lo que tiene prioridad es rehacer la propia vida burguesa, mientras que los crímenes se eclipsan en la memoria. Por ello, la ausencia de los años berlineses de Kaltenbrunner es una elisión muy deliberada, importante para comprender la historia de la postguerra austríaca. La vertiente criminal de la existencia de Kaltenbrunner se incorpora a la historia mediante el segundo plano argumental, centrado completamente en un elemento de esa infausta carrera profesional: Mauthausen, el más grande de los campos de concentración establecidos en Austria. El «jefe superior de grupo» tuvo muchas responsabilidades; el autor hace una selección y patentiza el carácter del hombre y del régimen mediante un solo caso extraído del cúmulo de crímenes. Con la estructura de los dos hilos narrativos Kain consigue reproducir el proceso mental típico de un nazi en el año de la derrota, a la vez que recordar la realidad arrinconada de los crímenes.

No en vano se menciona varias veces al comandante de Mauthausen, Ziereis, uno de los pocos personajes con nombre: constituye éste –y he aquí otra función de ese hilo argumental– la figura paralela al jefe de la Oficina Central de Seguridad del Reich, quien, burgués culto y licenciado montañero, sólo critica la ubicación en el paisaje del campo de concentración pero aprueba con todo el corazón lo que allí sucede. El basto Ziereis, «el jovial bávaro», también es una figura paralela al protagonista por cuanto que en 1945 –otro dato que los lectores enfocados por Kain debían, en parte, tener presente– se escondió asimismo en las montañas y, como Kaltenbrunner, no tardó en ser descubierto (aunque en el momento de su detención quedó mortalmente herido).

En cuanto a otros aspectos del relato, sólo puedo esbozarlos.

Por ejemplo, las alusiones al caos de la primavera de 1945, momento en que el «jefe superior de grupo» aún podía concebir planes de futuro pero ya se le hablaba de «señor Kaltenbrunner» privándolo de su título: el que muchas veces Kain se refiera a su protagonista con el grado que tenía en las SS no se debe solamente al deseo de variedad estilística, sino que incide, por un lado, en el «verdadero» Kaltenbrunner, que precisamente no es un refugiado, y contrasta, por otro, la posición que el hombre ocupaba hasta ese instante con su nueva situación después de la derrota.

Abordar la temática austríaca, presente como en todas las obras de Kain, me es prácticamente imposible. Sólo quiero señalar un pequeño detalle: Kaltenbrunner ha apuntado propuestas para la composición de un gobierno austríaco de la postguerra, una lista con la cual «tendrán materia para *rumiar* largo rato», y «la palabra le hace reír en sus adentros, pues le muestra que también en lo idiomático está recuperando el sabor de su patria chica». Se sacude, en cierto modo, su período berlinés y se prepara para su «futuro» en Austria. El uso deliberado de austriacismos,[18] al igual que el empleo de nombres genuinamente austríacos para las comidas en otros libros de Kain, es un recurso importante para subrayar este aspecto.

Para terminar, recalcaré un rasgo muy significativo del relato: las impresionantes descripciones del paisaje invernal y hostil de alta montaña, que encuadran la historia en un marco arcaico, contribuyen a su sublimación y conforman la referencia patriótica del texto.

Ya he insinuado que es un paisaje para los asesinos que huyen de la primavera, pero al final el paisaje, la naturaleza, los abandona y entrega. La valoración de la calidad lingüística de los segmentos paisajísticos del relato debería ser objeto de un estudio separado.

La Totes Gebirge no sólo figura como región peligrosa, sino que cumple también otra función: dicho escenario era el paisaje central de la resistencia en la región del Salzkammergut[19] por ofrecer cierta seguridad a los partisanos y desertores. Esa resistencia al nazismo y su guerra confluye con el mito regional del cazador furtivo escondido en sus bosques. El mismo Kaltenbrunner asimila a combatientes de la resistencia y cazadores furtivos: «Y cazadores furtivos lo eran todos los que, vía España, Dachau u otros centros, regresaron a las Montañas Muertas...».[20]

Es precisamente en ese paisaje donde el destino alcanza al jefe de la Oficina Central de Seguridad del Reich. El cazador anónimo, opaco con su «rostro impasible», y perteneciente a ese paisaje –casi una figura mítica por el anonimato y, también, por su oficio, invertido, como en un efecto espejo, al mito del cazador furtivo propio de la región–, simboliza en cierto modo el movimiento de resistencia austríaco, que, de hecho, aprovechó, en el Salzkammergut, las experiencias y los conocimientos de los cazadores furtivos. Sin duda, esto fue mucho más evidente para los primeros lectores de *El camino al lago Desierto* que para las generaciones posteriores. El cazador aparece aquí, también por su mirada franca a los ojos del «traicionado», como ejemplo modélico para los austríacos, quienes, en 1945 y después, más bien tendían a dejar a los Kaltenbrunner ocultos en sus escondites que a entregarlos a sus jueces. He aquí, a mi juicio, una muy esencial posición antifascista en este relato, en el que

Franz Kain, más que como marxista, se presenta como enemigo del nazismo.

Al fin y al cabo, la Totes Gebirge y el «lago Desierto» son paisajes genuinamente austríacos. Y son estos mismos paisajes los que no conceden perdón al criminal de guerra y sus compinches –véase la detenida descripción de las asperezas del camino–.

En cuanto a la repercusión de esta narración, es preciso señalar que, a pesar de su rango literario, como la obra de Kain en su conjunto, sigue siendo bastante desconocida en la actualidad. La recepción de su autor no es una cuestión estética, sino política, hasta un punto poco frecuente en la literatura, con todos los éxitos y fracasos inherentes a la misma.

En principio, la escritura de Kain, básicamente convencional en términos formales –entre sus primeras publicaciones se encuentran sonetos e, incluso, una corona de sonetos»–,[21] habría encajado perfectamente en el sistema de premisas de la literatura austríaca de los años cincuenta y sesenta, poco abierta a innovaciones y experimentos, del tipo que fuesen; habría sido, pues, formalmente compatible con Henz, Schreyvogel y el entonces todavía apreciado Weinheber. La marcada conciencia austríaca de Kain hasta habría podido suscitar los aplausos de críticos como Torberg y Weigel.

Pero lo que en un sistema de premisas dominado por gente conservadora no cabía de modo alguno era la inequívoca posición política de Kain. Hasta bien entrados los años sesenta un pronunciado antifascismo o, incluso, la afiliación al Partido Comunista no sólo no eran propicios a una carrera literaria en Austria, sino que francamente la impedían. Así pues, entre 1955 y 1965, el nombre de Kain no figura una sola vez en la representativa revista literaria *Wort in der Zeit;*[22] ésta no acoge colaboraciones suyas ni reseña ninguna de sus obras, a pesar de que Kain no para de publicar: desde 1954 aparecen algunos volúmenes de relatos, y ese mismo año ve la luz su primera novela, *Der Föhn bricht ein* [Irrumpe el foehn].[23] No se sabe si el autor hizo alguna gestión para poder publicar en la revista. Según una bibliografía de 1994, publicaba, hasta 1990 aproximadamente, de forma casi exclusiva en periódicos comunistas y la editorial Globus, así como en revistas y editoriales de la entonces República Democrática Alemana, sobre todo en la renombrada Aufbau-Verlag, además de en no pocos medios de comunicación de Alta Austria, que, dicho sea en su honor, a menudo rompieron, para este importante compatriota, los tabúes de la política cultural austríaca.[24] El hecho de que los libros publicados en Berlín Este –y por tanto también los de Kain– fuesen casi inaccesibles en Austria suponía un obstáculo más para su recepción. Tal vez Kain no se equivoque del todo con su sospecha de que el «odio a la RDA» importado de la República Federal de Alemania se dirigió también contra él.[25] Por lo que me consta, no hubo ni siquiera polémicas contra el escritor comunista, sino que simplemente no se tomó nota de ese «autor austríaco de la Aufbau-Verlag».[26]

Topé por primera vez con el nombre de Franz Kain (mejor dicho, me hicieron topar con él) cuando, participando en un jurado para el premio literario del *land* de Alta Austria, uno de los miembros propuso a Kain para el galardón, que finalmente le sería otorgado. Puedo descartar, con no poca certeza, haber oído hablar de Kain antes de 1989.

El primer texto suyo que leí como miembro de aquel jurado fue *El camino al lago Desierto*, obra que, precisamente, muestra al autor «a la altura de su potencia como escritor»,[27] y me pregunté por qué un autor capaz de crear un relato de ese nivel pudo ser un desconocido en Austria durante tanto tiempo.

Según consta en la bibliografía,[28] el volumen de relatos homónimo fue reseñado en Austria tan sólo tres veces; dos de ellas en Linz, la capital del *land,* y una en el periódico comunista *Volksstimme.* No extraña, pues, que prácticamente nadie conociera (ni conozca) a Kain, y que una historia importante sobre la implicación austríaca en el nazismo no pudiera (no pueda) llegar a su verdadero público. Ni siquiera con retraso: porque después de 1986, cuando el debate sobre el pasado nazi de Austria y la génesis del prototipo Kaltenbrunner se convirtió en un tema importante de la literatura procedente de Austria y se comenzó, también, a valorar la resistencia austríaca contra Hitler, no ha habido ninguna amplia recepción de este texto ni de otras obras del autor, aunque hubieran encontrado buen acomodo en la corriente de la novela antipatriótica.

La clave de su no recepción sigue siendo su vinculación a la República Democrática Alemana y al Partido Comunista de Austria: que por ello sólo se le pudiera leer con varias décadas de retraso ha sido el triste destino de este representante de «otra literatura procedente de Austria». Demasiado tarde ha sido posible conocerlo.

En el comentario del autor que cierra el volumen de relatos del que forma parte *El camino al lago Desierto,* Kain formula su programa: «Iluminar la Historia con historias que crecen a la sombra de sus cesuras es un acto de autocrítica nacional».[29]

Son otros los que hoy día practican esa «autocrítica nacional», y con mucho más éxito que él; saber si todos ellos tienen la vista tan aguda como este contemporáneo, víctima del desastre, es otra cuestión.

[1] Reproducción gráfica en: Alfred Pittertschatscher (ed.), *Franz Kain*, Linz: Oberösterreichische Landesregierung, 1994. 102. = *Die Rampe. Portrait.* (En algunos catálogos de biblioteca aparece el nombre de Erik Adam como editor del libro.) Compárense también los recuerdos de Kain relativos a la visita de Lukács a Linz, en Franz Kain, *Am Taubenmarkt,* Weitra: Bibliothek der Provinz, 1991, pp. 263 y ss. (En adelante, abreviado con la letra T.)

[2] Franz Kain, «Vom Wagnis, Geschichten zu schreiben» (1965), reproducido en: Pittertschatscher (nota 1), pp. 24 y ss. De modo similar se expresa Kain en un coloquio mantenido con Alfred Pittertschatscher («FK, una consulta»), en: Pittertschatscher (nota 1), pp. 51-59.

[3] Horst Haase, «Franz Kain», en: ídem; Antal Mádl (eds.), *Österreichische Literatur des 20. Jahrhunderts. Einzeldarstellungen,* Berlín (RDA): Volk und Wissen, 1988, pp. 605-619, 848 y ss. Es significativo que este retrato, muy aprovechable –que por razones obvias aún no pudo incorporar *Am Taubenmarkt*–, fuera publicado en la República Democrática Alemana. Haase valora en particular, y se entiende, el compromiso político de Kain en tanto que comunista y austríaco confeso. Véanse también las correcciones de Kain a ese artículo, contenidas en una carta a Haase, en: Pittertschatscher (nota 1), pp. 79 y ss. Compárese, además, Erik Adam, «Leben und Werk von Franz Kain», en: Pittertschatscher (nota 1), pp. 67-77. No he consultado la tesis

doctoral (sin publicar) de Judith Gruber, *Franz Kain. Eine Monographie,* Viena, 1985.

⁴ Haase (nota 3), p. 619.

⁵ Sus dificultades con la revista de los prisioneros de guerra *Der Ruf* y su director, Hans Werner Richter (T, pp. 243 y ss.), tal vez sean sintomáticas a este respecto.

⁶ También el texto final del tomo de relatos *Der Weg zum Ödensee* [El camino al lago Desierto] (198-200) es más un *autocomentario* político que literario.

⁷ Haase (nota 3), p. 609.

⁸ Véase T, pp. 130 y ss., 132 y ss., 147, 213, 230, 244 y ss., 259 y ss., 282 y ss., 341-354. Kain relata allí experiencias de lecturas y encuentros con autoras y autores. Sus «Erinnerungen an Bert Brecht oder Gespräche am Fenster zum Hugenottenfriedhof» [Mis recuerdos de Bert Brecht o charlas junto a la ventana sobre el Cementerio de los Hugonotes], manuscrito de conferencia de 1989 impreso después de su muerte (en: Walter Pilar (ed.), *Dichter über Dichter. Anthologie,* Viena: edition selene, 1992, pp. 242-244), son más bien un texto autobiográfico que un análisis de la propia obra basado en la cuestión de la cercanía o distancia con respecto a Brecht. Las coincidencias con los pasajes correspondientes de *Am Taubenmarkt* son considerables.

⁹ T, pp. 305 y 331.

¹⁰ Éste aparece, ciertamente, en su libro autobiográfico, a saber, en los capítulos dedicados a Berlín (T, p. 331), pero la forma en que lo hace permite concluir que Kain no ahondó con demasiada profundidad en el gran experimento novelístico del autor («Hablaron de la zona situada entre la Alex y la Strausberger Platz (...) y mencionaron las calles en las que se desarrollaron las tragedias de la novela *Berlín Alexanderplatz,* de Alfred Döblin»).

¹¹ Franz Kain, *Der Weg zum Ödensee. Geschichten,* Berlín (RDA): Aufbau, 1974. = Edition Neue Texte. (El año de publicación, 1974, consta en el libro; a menudo se cita con el año del copyright, 1973.) Manejo la edición de *Der Weg zum Ödensee. Erzählungen,* Weitra: Bibliothek der Provinz, 1995, en la que el relato objeto de este análisis ocupa las páginas 157-197.

[12] Pittertschatscher (nota 1), p. 26.

[13] Carta a Haase (nota 3), p. 80.

[14] El intento de iluminar el nazismo eligiendo la perspectiva de un nazi podría haberse inspirado en el relato *Die Kommandeuse* (1950), de Stephan Hermlin, publicado en el período en que Kain estuvo en Berlín, y que el autor menciona en T, p. 358 y ss. Se trata de una mera hipótesis.

[15] Comp. Werner Liersch, «Totes Gebirge. Ernst Kaltenbrunners Alpeninszenierung des Endes», en: *Berliner Zeitung*, 23/4/2005, localizable en: http://www.berlinonline.de/berliner-zeitung/archiv/.bin/dump/fcgi/2005/0423/magazin/0001/index.html. Compárese también el informe sin firma, no oficial pero sí oficioso, «The Last Days of Ernst Kaltenbrunner», en: http://www.cia.gov/library/center-for-the-study-of-intelligence/kent-csi/vol4no2/html/v04i2a07p_0001.htm, del oficial norteamericano que detuvo a Kaltenbrunner. Ambos informes apenas si difieren en los hechos.

[16] Comp. los informes citados en la nota 15.

[17] Comp. una observación análoga de Klaus Amann, «Heimatkunde», en: Kain, *Weg* (nota 11), pp. 9-17, referencia en la p. 17.

[18] Comp. T, pp. 126, 272, 320, 363 y, sobre todo, 337.

[19] Sobre esta imagen política de la Totes Gebirge, véanse también algunos pasajes de *Am Taubenmarkt*, en particular, T, pp. 156 y ss. En cuanto a la resistencia en el Salzkammergut, véase Raimund Bahr (ed.), *Für Führer und Vaterland. Das Salzkammergut von 1938-1945*, Viena/St. Wolfgang: Edition Art Science, 2008. = Schnittstellen, 4. El volumen incluye, también, un ensayo sobre Kain, de enfoque puramente histórico (Michael Kurz, «'Dem allfälligen Einrücken ist kein Widerstand zu leisten.' Der Schriftsteller Franz Kain und sein Beitrag zur Zeitgeschichte des Salzkammergutes 1934 bis 1938», pp. 66-87).

[20] Frase alusiva al combatiente comunista de las Brigadas Internacionales y de la resistencia Sepp Plieseis.

[21] Bibliografía de Pittertschatscher (nota 1), pp. 92-97, referencia en la p. 92.

[22] Así consta en los índices de la revista, según Wolfgang Hackl, *Kein Bollwerk der alten Garde – keine Experimentierbude. Wort*

in der Zeit (1955-1965). Eine österreichische Literaturzeitschrift, Innsbruck: Institut für Germanistik, 1988. = Innsbrucker Beiträge zur Kulturwissenschaft. Germanistische Reihe, 35. Sobre la nula atención prestada a Kain en Austria, comp. también Edwin Hartl en su reseña de *Am Taubenmarkt* (*Die Presse*, marzo de 1992), citado según la reproducción de Pittertschatscher (nota 1), p. 101.

[23] Idéntica suerte corrió Arnolt Bronnen, seguramente por los mismos motivos: no hay nada suyo en la revista, que sólo trae una necrológica dedicada a este autor.

[24] Bibliografía (nota 21).

[25] T, 363.

[26] Íbid.

[27] Haase (nota 3), p. 616.

[28] Bibliografía (nota 21), p. 97.

[29] El comentario aparece íntegramente en cursiva en la edición austríaca de 1995 (nota 11), pero no en la de la Aufbau-Verlag.

ÍNDICE

Lorenza Mazzetti
EL CIELO SE CAE

Esta novela autobiográfica narra la, al mismo tiempo, trágica y feliz infancia de su autora, la prestigiosa cineasta italiana Lorenza Mazzetti, nacida en 1928 y que vivió en Inglaterra durante los años cincuenta, formando parte del movimiento *Free cinema* junto a nombres como Karel Reisz, Tony Richardson o Lindsay Anderson. Feliz porque tuvo, como ella misma relata, la alegría de toda infancia. Y trágica porque perdió primero a sus padres, y luego fue testigo, junto a su hermana, del asesinato de sus primas y tía, de origen judío, a manos de los nazis, y del consiguiente suicidio de su tío, Robert Einstein, primo del conocido científico.

Dedico este libro a mi tío Robert Einstein, primo de Albert, a mi tía Nina Mazzetti Einstein y a mis primas Annamaria (Cicci) *y Luce Einstein.*

Todos ellos reposan en el cementerio de la Badiuzza, en Florencia, entre San Donato, en la colina, y Rignano, a orillas del Arno.

Sobre su tumba está escrito «masacrados por los alemanes el 3 de agosto de 1944».

Mi hermana y yo, que vivíamos en la Villa desde pequeñas (porque nuestra madre había muerto), fuimos perdonadas por las SS porque no nos llamábamos Einstein sino Mazzetti.

De modo que durante años compartimos las alegrías de la vida y recibimos su cariño, pero en el momento de la muerte nos separaron de ellos.

Esta vida me fue regalada sólo porque yo era «de otra raza».

Todos los supervivientes portan consigo el peso de este «privilegio» y la necesidad de dar testimonio.

Este libro quiere describir la alegría y el gozo que aquella familia me proporcionó en mi infancia, acogiéndome como una «igual»; aunque fui «igual» a ellos en la dicha y «diferente» en el momento de la muerte.

Ellos reposan en lo alto de la colina y yo los recuerdo.

¡Si alguien pasa por allí que deje una flor!

Lorenza Mazzetti, Roma, mayo de 1993

Elizabeth Smart
EN GRAND CENTRAL STATION ME SENTÉ Y LLORÉ

Esta novela autobiográfica, publicada por primera vez en 1945, y que muy pronto se convertiría en un verdadero libro de culto, siendo traducida a numerosos idiomas, narra con un lenguaje prodigioso, lleno de imágenes tan originales como potentes, la pasión de su autora por un hombre casado del que se enamoraría incluso antes de conocerlo personalmente.

«Explora la pasión entre un hombre y dos mujeres, una de ellas, la esposa; un amor tan desesperado como triunfante con el que el lector puede sentirse abrumado, en el que puede verse reflejado o incluso sentir envidia.» *The Times*

«Recomendamos este libro no sólo por su uso del lenguaje, apasionado y sensual, sino en tanto que conmovedor soliloquio sobre el amor y el mundo contemporáneo.» *Times Literary Supplement*

«La emoción, la aflicción verdadera y total consiguen conmover al lector.» *London Review of Books*

«Nueva, intensa, franca, excelente... Una novela de nuestro tiempo.» *Cyril Connolly*

«Libro de una bella intensidad, extrema y rara.» *Enrique Vila-Matas*

«En algún momento todo buen lector siente el impacto de *En Grand Central Station me senté y lloré* y reconoce un tipo de emoción imprescindible, definitiva.» *Michael Ondaatje*

«Es un canto que sintetiza el daño y el gozo; la sospecha de que el amor es la enfermedad de una niña rica; la reivindicación del derecho a vivir la sumisión y la rebeldía, la generosidad y el egoísmo, que alimentan las pasiones más allá de una moral castradora que, en este texto, se sitúa en la Arizona anticomunista e inquisitorial de los cuarenta. Años de una guerra que radicaliza y llena de significación la pasión de este libro bellísimo y verdadero.» *Marta Sanz*

«Hermosa, poderosa y emocionante novela.» *Javier Rioyo*

Y ADEMÁS:

Gianni Celati, *Vidas erráticas*

«Relatos que recuerdan a Zavattini o al Fellini de *Amarcord*, pero que contienen la voz inconfundible de Celati, el mayor narrador italiano vivo, el más inclasificable.» Marco Belpoliti, *L'Espresso*

Fogwill, *Los pichiciegos*

«Un brillante experimento en el ámbito de la narrativa bélica tomando como referencia la Guerra de las Malvinas.» Ernesto Calabuig, *El Mundo*

Franziska von Reventlow, *El complejo de dinero*

«Con gracia y elegancia se deja en evidencia el rígido encorsetamiento normativo, la hipocresía moral y el despiadado materialismo de la *buena* sociedad de la época. Deliciosa.» Cecilia Dreymüller, *El País*

Alexandros Papadiamantis, *La asesina*

«Es una bocanada de aire fresco leer esta novela en la que el crimen sólo puede entenderse en el contexto de la realidad social y material en la que se produce: un áspero mundo de explotación embrutecedora, ignorancia y pobreza.» Rafael Reig, *ABC*

David Garnett, *Formas del amor*

«Contiene una vena tragicómica y el diálogo es abierto y directo entre quienes abrazan el estamento amoroso, aunque estén en permanente contienda. Deliciosa y ligera, contiene una fuerte carga de profundidad.» María José Obiol, *El País*

C. H. B. Kitchin, *A toda vela*

«Una novela portentosa que retrata a toda una clase social y a toda una generación de mujeres que aún no vivían verdaderamente en nuestro siglo.» *Virginia Woolf*

Mirko Lauer, *Secretos inútiles*

«La novela fluye poderosamente, arrastra al lector. La atmósfera es de serie negra chandleriana, sin el poso irónico-melancólico y humanista de Chandler y con una nota más amargamente contemporánea.» Isabel Núñez, *La Vanguardia*

Gordon Lish, *Epígrafe*

«Una divertida-triste-demencial historia sobre la suerte de amar y el arte de morir. La prosa, intrincada y fascinante, recrea con imaginación y fluidez avasallante todo el absurdo, la crueldad y la desolación del último adiós.» Antonio Bordón, *La Provincia*

Julia Strachey, *Precioso día para la boda*

«Una combinación entre Nancy Mitford, P. G. Woodhouse y Stella Gibbons, con un toque de Virginia Woolf.» *The Daily Rumpus*